琼 瑶

作 品 大 全 集

还珠格格

第二部 5

红尘作伴

琼瑶 著

作家出版社

琼瑶，本名陈喆，作家、编剧、作词人、影视制作人。原籍湖南衡阳，1938年生于四川成都，1949年随父母由大陆赴台生活。16岁时以笔名心如发表小说《云影》，25岁时出版首部长篇小说《窗外》。多年来笔耕不辍，代表作包括《烟雨蒙蒙》《几度夕阳红》《彩云飞》《海鸥飞处》《心有千千结》《一帘幽梦》《在水一方》《我是一片云》《庭院深深》等。

多部作品先后改编成为电影及电视剧，琼瑶也因此步入影视产业。《六个梦》系列、《梅花三弄》系列、《还珠格格》系列等，影响至深，成为几代读者与观众共同的记忆。

琼瑶以流畅优美的文笔，编织了众多曲折动人的故事。其作品以对于梦的憧憬和爱的执着，与大众流行文化紧密结合，风靡半个多世纪，成为华文世界中极重要的文学经典。

我为爱而生，我为爱而写

文字里度过多少春夏秋冬

文字里留下多少青春浪漫

人世间既然没有天长地久

故事里火花燃烧爱也依旧

复禄

第一章

表演这么成功，小燕子得意极了。回到四合院，一路笑着冲进房，喊着：

"紫薇！尔康！我们成功了！你们没有看到，我和箫剑表演得好精彩。把那些洛阳人，看得一愣一愣的，大家拼命捐钱给我们，又给我们鼓掌，又给我们叫好！简直太过瘾了，赚了好多钱！几乎有二两银子耶！这一路上，我们不怕了！'天生我材必有用，千金散尽还复来'！这话实在没错！"

紫薇和尔康，惊喜地看着小燕子。尔康不信地问：

"真的吗？就凭你们比划比划，就能赚钱吗？"

小燕子身后，永琪、箫剑、柳红跟着进门。柳红笑着说道：

"没有骗你们！真的赚了好多钱！比我们从前在北京的时候，还成功呢！不过……多亏箫剑就是了！"

小燕子就冲到永琪面前，开始兴师问罪了，凶巴巴地说：

"永琪！我问你，我们不是套好了招吗？你不是应该假装捐钱，然后鼓动那些观众捐钱吗？怎么你到了时候，躲在人堆里，说不出来就不出来！我拼命给你使眼色，你还假装看不到，要我在那儿演独角戏！幸亏箫剑出来了，要不然，我和柳红的戏就演不下去了！你是怎么一回事？到了今天，还忘不了你是'阿哥'呀？"

永琪已经一肚子别扭，又被小燕子一阵抢白，脸色难看极了，冷冷地说：

"对不起！我老早就跟你说过，你那些江湖习气、江湖作风，我没办法接受！要我配合你去诈骗老百姓，我就是做不到！"

小燕子看到永琪一脸的冷峻，气坏了，嚷嚷着：

"你好高贵，看不起我们用这种方法赚钱，是不是？那你今晚就别吃晚饭，免得弄脏了你那个高贵的嘴巴！"

"这些日子，难道我们都靠你卖艺吃饭吗？"永琪生气地说，"好，只要是你小燕子赚的钱，我就不要用！行了吧？如果我落魄到要靠你来养，也太没水准了！'君子有所为，有所不为'，要我去扮小丑，去向人摇尾乞怜，我没训练过！我也不是那块料！行了吧？"

"什么'君子有守卫，没有守卫'的？"小燕子更气，大声说，"哪儿来的守卫？都是一些老百姓而已！我也老早就跟你说过，关于'君子'的事，不要跟我说，我反正一辈子都当不成君子……"

小燕子话没说完，永琪一拂袖子，大声打断：

"我不嫌你书念不好，不嫌你一天到晚文不对题，答非所问！你反而嫌我太'君子'！真是莫名其妙！今天，又不是没有人配合你演戏，人家萧剑，不是配合得天衣无缝吗？主角都上场了，少个配角又怎样？"

小燕子瞪大眼睛，气得脸红脖子粗，脚一跺，对永琪吼道：

"还说不嫌我？你明明就在嫌我……在回忆城的时候嫌我。现在出了回忆城，你还是嫌我……什么江湖习气，什么书念不好，反正你就是看不起我！我们现在天天逃难，一下子这个受伤，一下子那个生病，眼看就快没饭吃了，你念了一肚子的书，现在能派什么用场……"

尔康急忙上前打圆场。

"你们是怎么一回事？嫌日子过得不够精彩，是不是？"他盯着永琪，重重地说，"不是我说你，你也太严肃了！小燕子赚到了钱，兴冲冲地跑回来，高兴得不得了，你不称赞她两句，反而板起脸来教训她，给她浇冷水，何苦呢？"

"尔康说得对！"紫薇拉住暴跳的小燕子，跟着数落永琪，"小燕子是在为我们大家赚钱，你放不下身段，没办法配合，也是人之常情，你跟他慢慢解释，她会了解的。但是，你别骂她呀！"

"就是！"萧剑也接口了，"大家都沦落了，一文逼死英雄汉的日子，你还没尝到，尝到的时候，就知道那个'有守卫，没守卫'也不是很严重，饿肚子才严重！我也'有守卫，没守卫'，原则一大堆，还不是赶着鸭子上架……把那些自尊啦，男子汉啦，君子啦，身份地位啦……通通都丢开了！总不能输给几个姑娘是不是？"

永琪一听，自己已经成了众矢之的，连萧剑也这样咄咄逼人，个个站在小燕子一边指责自己，顿时火往上冲，就再也控制不住了，对着萧剑气冲冲地喊：

"是！你有本领！你才是男子汉大丈夫，能屈能伸！我承认没有你那么潇洒，没有你那么伟大，没有你那么有修养！行吗？既然你能够把'君子有所为，有所不为'全体抛开，以后，小燕子要'偷抢拐骗'，就全部由你负责吧！"

"什么话？"萧剑脸色一变，生气了，"你何必说得这么难听？小燕子为了大家，在那儿耍宝卖艺，使出浑身解数，最后，却落得你用'偷抢拐骗'四个字来评论她，她也太冤了！我真为她不平！"

"你为她不平？"永琪更气，喊，"你有什么资格来为她不平……"

尔康急忙站到两个剑拔弩张的男人之间，诚挚地喊："永琪！萧剑！停火！听到没有？我们大家，共生死，同患难，情如兄弟，肝胆相照！如果为了一点小事，伤了感情，岂不是太可惜了吗？这些日子，大家都受到很大的压力，面对很多的痛苦……"就看着萧剑，为永琪解释着："永琪毕竟是阿哥，这种餐风饮露、颠沛流离的生活，他正在努力地适应！如果有适应不良的地方，也是情有可原吧！"

萧剑咽了口气，瞪着永琪，欲言又止，终于按捺了自己，一甩头，出门去了。

小燕子看到箫剑出去了，就对永琪气冲冲地说了一句："我最大的错，就是'偷抢拐骗'了你这个阿哥！"说完，就奔进卧室去了。

永琪呆住了，挫败感排山倒海般涌来，尔康赶紧给了紫薇一个眼色，紫薇就追着小燕子而去了。柳红纳闷地叹了口气说："唉！这是怎么一回事嘛！高高兴兴出门去，精精彩彩表演完，快快乐乐赶回家，以为回到家里，大家会兴高采烈地庆祝一下，总算找到一个赚钱的方法了！结果，回家就吵成这样，闹了一个不欢而散，太奇怪了！"她不以为然地看了永琪一眼，也出去了。

转眼间，大家都走了，房里剩下尔康和永琪。

永琪也知道自己这一顿脾气发得有点过分，可是，心里的郁闷，像山一样沉重。他叹口气，重重地倒在一把椅子里，沮丧至极。尔康就走上前去，真挚地看着他。

"如果我是你，我绝对在情况更坏以前，扭转局面！既然已经为了小燕子，把过去的根都砍断了，她就是你生命里最重要的人，那么，何必去伤害她呢？你不是早就说过，她的缺点就是她的优点吗？何况……"他低声地、警告地说，"你造成裂痕，不怕别人去补空吗？那个箫剑，可是个太大的威胁！"

尔康这几句话，打进了永琪内心深处。他大大一震，心里的隐忧更加浓郁了。

小燕子在卧室里，是越想越气，她用力地踢门，踢桌子，踢椅子，踢一切可踢的东西。一面踢，一面骂：

"把我看得这么扁……气死我了！气死我了！还说要为我做一个全新的永琪，不再要求我！都是废话！都是谎话！还说我'偷抢拐骗'，他才'偷抢拐骗'！他拐了我，骗了我！"

"这可有点冤枉永琪了！他为了你，什么都不要了！抛弃了阿哥的身份，抛弃了荣华富贵，抛弃了皇阿玛，说不定还抛弃了整个江山！这么深刻的感情，被你一下子就否决了，我才为永琪喊冤呢！如果他是'拐你'，他可赔本赔大了！"紫薇说。

"你当然帮他说话，他是你的哥哥！"小燕子气呼呼地喊。

"他是不是我哥哥，我已经不知道了！你才是我真正的姐姐呢！我不会偏他，欺负你！自从我们和他认识，我看着他从一个可以呼风唤雨的地位，走到今天要去卖艺讨生活的地位……对他真的充满了佩服！他为你做的一切，你不领情，我领情！你不感动，我感动！他的牺牲和付出，实在不是一点点！这种男人，珍贵得人间少有！只有你，人在福中不知福！"

"你还帮他？你还敢帮他？你刚刚看到他那个样子，听到他说的混账话了！你怎么还帮得了他？当着萧剑，他就把我贬得一钱不值！我们去卖艺，他躲在人群里，好像他多丢人似的，我已经生气了！回到家里来，他不道歉，还在那儿凶我！我决定了，从今天起，我跟他绝交！"

"什么绝交？"紫薇赔笑地说，"怎么绝交？我们这一群人，谁都离不开谁，你亲口说过，我们是一家人，有头一起砍，有血一起流！这么深厚的感情，怎么可能绝交？"

"那……我不跟他说话，可以吧？"

"可以，当然可以！"紫薇长长一叹，"可怜的永琪！"

"他可怜？他有什么可怜？"小燕子吼。

"离开了金窝银窝，跟着你来睡稻草窝！明明是个阿哥，要他去向他的百姓伸手，他伸不了手，你非但没有同情他，还把他骂得狗血淋头！最可恶的是……"

"谁最可恶？谁最可恶？"小燕子睁大眼睛。

"当然是你可恶……"

"我可恶？我什么地方最可恶？"

"如果你是永琪，永琪是你，箫剑是个姑娘，你会怎么样？"紫薇低声问。

"什么意思？"小燕子听不懂。

"我还记得采莲事件，一个采莲跟着永琪骑骑马，有人会气得鼻子里都冒烟！这个箫剑，能文能武，风度翩翩，总抵一百个采莲吧！"

"什么意思？箫剑跟采莲有什么关系？八竿子也打不着！"小燕子还是听不懂。

"什么意思？什么意思？"紫薇只好对着她明说了，喊道，"永琪吃醋了！就是这个意思，你整天跟箫剑混在一起，有没有想过永琪的感觉？"

小燕子睁大了眼睛，恍然大悟，惊住了。

"可是……可是……箫剑是我的'哥们'！"

"对啊！当初，那个采莲，可连一个'姐们'都不算！"

小燕子怔住了。半晌，仍然气呼呼地吼道：

"我才不相信什么'吃醋',就算他淹死在醋缸里,也不能说我是'偷抢拐骗'!他用了这四个字来说我,我就再也不能原谅他了!气死我了!气死我了!气得我胃痛!我不要待在家里,我出去了!"

"你要去哪里?"紫薇一把拉住她。

"不要你管!"

小燕子就奔进厨房,找了一把斧头,她扛着斧头,穿过客厅,准备出门去。

紫薇着急地追在后面喊:

"天都快要黑了,你带着一把斧头出去,要干什么吗?不许去!"

坐在客厅里谈话的永琪和尔康,不禁一惊。小燕子扛着斧头,往大门冲去:

"谁都不许管我,我高兴干吗就干吗!"

"小燕子!你去哪里?"尔康急忙问。

"我去山上砍柴!"小燕子头也不回地说。

尔康飞快地站起来,一拦。

"你去什么山?哪座山?"

"管它哪一座山,我看到山就上去,看到木头就砍!"

"不行,"尔康笑着,"山上有老虎,你一个人去砍柴,不大安全!而且,这个洛阳城,有很多柴,我们去买就可以了,哪里用得着上山去砍?"

"少爷!'买'要用钱!"小燕子大声喊,"我们连街头卖艺,都被说得那么难听,有人高贵得不得了,这个也不能做,那个也不肯做，我看，我们迟早会一毛钱都没有！不能赚钱，只好砍柴！"

永琪呆呆地坐在那儿，板着脸不说话。

"那……我们要吃饭的时候，是不是先去插秧呢？"尔康问。

"反正，我要去砍柴！"小燕子一扬脑袋，"你让开，我出去了！"

尔康拦门而立，赔笑说：

"你带着一肚子的气去砍柴，等会儿柴没有砍到，砍了人怎么办？"

"我去砍柴，怎么会砍到人呢？你烦不烦呀？你管紫薇就好了，管我干吗？本姑娘想干什么就干什么，谁也拦不住我！"

紫薇赶紧奔过去，推了永琪一下。

"我看，你跟她一起去砍柴好了！"

"谁要他跟我一起去？"小燕子大声喊，"他那么高贵，哪里是砍柴的料？最好坐在家里，等小顺子、小桂子来侍候！等宫女们拿着点心，排着队送到嘴边来！"

永琪一唬地站起身来，吼着说：

"到了这个节骨眼，你还说这种莫名其妙的话！这两年来，什么不能做、不该做的事，为了你，我算是做全了！最后，还换来你的冷嘲热讽！不是我高贵，是我笨！"

小燕子大怒，冲了过来，跳着脚喊：

"你后悔了？后悔还来得及，你回去呀！回到那个瞌睡龙的怀里去呀！回去做你的小瞌睡龙！"

"好！我走！再见！"永琪一怒，往门外就走。

尔康一个箭步，再去拦永琪，喊：

"永琪！你疯了？你要走到哪里去？你跟我们大家一样，已经没有家，没有可以回去的地方了！回来！两个人都不要怄气了，大家握手言和，化力气为糨糊吧！"

小燕子把尔康一推。

"你好烦……"

小燕子推到尔康的伤口上，尔康一个趔趄，痛得弯下身子，忍痛喊：

"哎哟……我的天！"

"尔康！怎样了？给我看看！"紫薇吓得脸色都白了。

"哎呀！尔康……"小燕子也吓住了，"对不起，我不是故意的！"

小燕子说着，就奔上前来看尔康，手里的斧头，就"砰"的一声，摔落在身后。

只听到永琪一声惨叫，大家急忙回头，看到永琪抱着脚跳，原来斧头砍在脚上了。

"哎哟！哎哟……不得了……脚指头砍断了！"永琪痛喊着。

大家都大惊失色。小燕子就顾不得尔康了，冲上前去，真情毕露地抓住永琪喊：

"脚指头断了？哪一个脚指头断了？严不严重……"

永琪站直身子，把小燕子一把拉进了怀里，苦笑着说：

"怎么不严重？心也碎了，头也昏了，五脏六腑都痛了，话也说不清楚了……看样子，就快一命呜呼了！"

小燕子发现上了永琪的当，就对着永琪的手腕，一掌劈了过去，大骂：

"去你的！居然敢骗我？你才是'偷抢拐骗'，什么手法都用！滚你的！"

小燕子这一掌，力道极大，正好打在永琪手腕的伤口上。

这次，永琪是抱着手跳。

"哎哟！哎哟……"

小燕子不肯再上当了，奔去捡起自己的斧头，嚷着：

"你去'呜呼'也好，你去'呼噜'也好，你去'哎哟'也好，你去'哼哈'也好……我再也不要理你，把你的骗人功夫，用到别的姑娘身上去吧……"

小燕子一面说，一面走，却一眼看见，紫薇把永琪的袖子卷起来，只见永琪那白色绷带上，迅速地被沁出的血迹染红了。紫薇惊喊道：

"糟糕，伤口一定裂开了！"

小燕子目瞪口呆，手里的斧头，再度"砰"的一声，掉落于地。这次，却砸到了自己的脚。

"哎哟！"小燕子抱着脚大跳特跳，"哎哟……"

永琪一看，哪里还顾得着自己的手伤，奔过来就扶住她，着急地问：

"砸到脚了是不是？刚刚我不是骗你的，砸一下真的好痛！赶快把鞋子脱下来看看，有没有伤到脚指头？"

"不要你管我的脚指头，不要你管我的手指头，什么'头'都不要你管！"小燕子一挣，喊着。不争气的眼泪就夺眶而出，又忘形地抓住永琪的手，看他那沁着血迹的绷带，一阵伤心，泪水滴在永琪的绷带上。"把绷带拆开看看……又流血了！怎么办？我去拿白玉止血散……"她转身要跑。

　　永琪看到小燕子为他心痛，心里一甜，紧紧地拉住小燕子，不让她走，把她搂进了怀里，情深意切地说：

　　"已经为你亡命天涯了！富贵可以不要，身份可以不要，地位可以不要，什么都可以不要……头可以断，血可以流……只是，那点儿'骄傲'，没有完全摆脱，对不起，我改！"

　　永琪这几句话一说，小燕子哪里还忍得住，泪水稀里哗啦地落下，把头埋在永琪怀里，她哽咽地喊道：

　　"你不喜欢扮成观众，以后就不要扮好了嘛！你不要做你就说嘛，我哪有那么坏，什么'偷抢拐骗'……你怎么可以这样说我……我是有一点'坏'，只是'小小的坏'！最近，连柿子都没有偷，上次看到一个橘子林，里面结了好多橘子，好想偷几个，想到你不喜欢，我一个都没摘……"

　　"是吗？"永琪又是怜惜，又是后悔，"我错了，好不好？不是你的问题，是我的问题！你有一点'小小的坏'，我有许多'大大的坏'，说那四个字，尤其不应该！是我没有风度，口不择言，是我的错！你表演得那么好，能说能演，有声有色！赚了那么多钱，我应该为你骄傲，我非但没有鼓励你，还挑你的毛病！是我不好……自从开始流亡，我就有点心态不平衡！我好怕你发现，我在宫里是阿哥，我在民间却处处不如人！说穿了，只是因为我好在乎你，好喜欢你！"

"真的？"小燕子软化了，感动了，抬头泪汪汪地看着他。

"如果我撒谎，我会被乱刀砍死！"

小燕子把他一搂：

"那……我要告诉你一句话！"

"什么话？"

小燕子就附在他耳边，悄悄说：

"箫剑只是我的'哥们'！"

永琪的脸，蓦地涨红了。

尔康和紫薇互看，两人都带着笑，尔康就走了过去，捡起那把斧头，对斧头说：

"斧头啊斧头，谢谢你帮忙！"

小燕子带着泪，却扑哧一声笑了。

这天，永琪和箫剑之间，都有一些尴尬。两人避免和对方见面，也避免谈话。紫薇、尔康看在眼里，不知道怎样去化解两人间的疙瘩。晚上，紫薇和柳红一阵叽叽咕咕，两个姑娘就下了厨房，做了一桌子的菜。晚餐时间，她们把菜肴一一放上桌。柳红大声叫着：

"吃饭了！吃饭了！大家赶快来吃饭啊！今天加菜！"

永琪、小燕子、尔康、箫剑都走了进来。柳红看看众人的脸色，嘻嘻哈哈地说：

"今晚，没有小燕子的名菜'酸辣红烧肉'，但是，有我柳红的'糖醋排骨'！"

"还有我紫薇的'酸辣汤'！"紫薇接口。

"还有我柳红的'糖醋拌黄瓜'！"柳红再说。

"还有我紫薇的'醋熘鱼片'！"紫薇接着说。

"还有我柳红的'酸辣面'！"柳红又说。

"还有我紫薇的'糖醋莲藕'！"紫薇跟着说。

柳红和紫薇说到这儿，小燕子已经纳闷得不得了，嚷着：

"你们怎么不是'糖醋'，就是'酸辣'？都被我传染了吗？"

"因为今天家里有好多醋、好多辣椒，又有好多糖！"紫薇笑着说。

尔康忍俊不禁，就笑着嚷道：

"爱吃甜的，爱吃酸的，爱吃辣的，都尽量吃吧！自从大家逃亡以来，酸甜苦辣，各种味道算是尝尽了！好，做菜的有心，吃菜的有福了！"

永琪听到大家这样开玩笑，不禁有点讪讪的，尤其见到箫剑，更是尴尬。

箫剑听着，看着，倒是一副落落大方的样子，大笑着说：

"这也糖醋，那也糖醋，好极了！你们吃糖的吃糖，吃醋的吃醋，我喝酒！"

箫剑就一屁股坐了下来，自顾自地倒了酒，一举杯干了。然后，他用筷子敲着酒杯，高声念起一首诗来：

"人生无根蒂，飘如陌上尘，分散逐风转，此已非常身。落地为兄弟，何必骨肉亲！得欢当作乐，斗酒聚比邻！及时当勉励，岁月不待人！"

"陶潜的诗！"尔康感动地说，"这首诗里最好的两句就是'落地为兄弟，何必骨肉亲'！此时此刻，这首诗，真是我们大家的写照呀！"

"不错！我也最爱这两句！"萧剑豪放地说，眼光有意无意地扫了永琪一眼。

永琪看看尔康，看看萧剑，一掌拍在萧剑肩上，大声说："兄弟！今天得罪了！请原谅！"

萧剑和永琪，就相视而笑。一场误会，就在"落地为兄弟，何必骨肉亲"的感觉中化解了。

接下来，大家在洛阳住了一段日子。尔康的伤，逐渐地复原了。紫薇的身子，也完全调养好了。

这天，大家都去洛阳北区卖艺。这些天，洛阳城的东、西、南区，大家都走遍了，只有北区，还没去过。现在，大家卖艺已经卖出心得来了。萧剑和小燕子，那种滑稽的打法，最受观众欢迎。所以，他们两个已经成为主角。尔康、紫薇是最好的"观众"，他们两个，生来就有让人信服的脸孔，只要两人一"领先捐款"，往往就一呼百应。至于永琪呢？自从和小燕子吵过一场架以后，他就脱胎换骨了。

选好了表演的场地，大家拿出家伙，各就各位。小燕子和萧剑准备表演，柳红准备收钱，紫薇和尔康站在人群里观望。永琪拿着铜锣敲着，他终于完全摆脱了"阿哥"的骄傲。一面乒乒乓乓地敲锣，一面朗声说道：

"各位洛阳的父老兄弟姐妹们，在下艾琪，河北人氏，带着兄弟姐妹四人，要到四川去寻亲。谁知，在路上遇到强盗抢劫，到了贵地，妹妹又染上重病，双眼失明，为了请大夫，把所有的盘缠全部用尽。真是'屋漏更遭连夜雨，船行又遇打头风'！我们兄弟姐妹四个，已经山穷水尽，走投无路，迫不得已，前来卖艺！我们在这儿给各位献丑一段，如果大家看得高兴，请随意赏一点！如果不方便，在下依然谢谢各位捧场！"

小燕子和箫剑就表演起来。两人打得翻翻滚滚，箫剑照例左摔一跤，右摔一跤，狼狼狈狈地到处奔逃，小燕子照例一路追杀。

观众看得好高兴，笑声不断，掌声不绝。

人群中，钦差李大人穿着便衣，带着手下，已经混了进来。看到永琪在敲锣打鼓，小燕子在卖艺，紫薇和尔康都围在旁边，个个满面风霜，衣饰简陋，李大人震惊极了。

"是他们几个！怎么沦落到这个地步！五阿哥在街头敲锣，还珠格格在卖艺……皇上如果知道了，大概会伤心欲绝吧！"

李大人想着，一时之间，有点举棋不定。不知道是出示身份好，还是赶快回去报信好。正在犹豫间，柳红拿着盘子，走到李大人面前，说着：

"请随便赏一点！谢谢！谢谢……"

李大人心中恻然，拿出一锭银子，放在盘子中。出手太大，柳红一惊。旁边的尔康也惊动了，走了过来，和李大人一个照面。尔康大震，来不及反应，李大人立即说道："福大爷吉祥，借一步说话！"就去拉尔康的衣袖。

尔康一夺衣袖，露出绑着绷带的手腕。李大人又是一惊，还来不及再说话，尔康已经放声大喊：

"小燕子！柳红！箫剑！敌人已到，快走！"

尔康喊完，飞身而起，拉了紫薇就跑。

小燕子猛一抬头，和人群中的李大人眼光一接。小燕子大叫：

"跑啊！大家快跑啊！那个会用渔网的'大人'又来了！"

永琪急忙捞起小燕子，施展轻功，飞越人群，狂奔而去。

群众大惊，你推我挤，跌的跌，摔的摔，乱成一团。

箫剑冲到尔康身边，急促地低声说：

"你带紫薇和柳红，赶快先回四合院，尽快收拾一点东西，套好马车等我们！我和小燕子、永琪去把追兵引开！摆脱了追兵，我们就回来！等我们一回来，马上出发！"

尔康点头，带着紫薇和柳红，就脚不沾尘地往另一个方向飞奔。

箫剑怕敌人去追尔康，故意在李大人面前一转，对李大人喊：

"一国之君，怎能对自己的骨肉狠下杀手？"

李大人大惊，还来不及反应，箫剑已经像箭一般，追着小燕子而去。

"快去追他们！"

李大人急呼着，带着许多便衣侍卫，对着小燕子的方向，追了过去。

小燕子、箫剑和永琪，一阵狂奔，奔到了街边一家染布工厂外，小燕子看到院子中，挂满了各种颜色的染布，觉得可以藏人，就飞跃进去。永琪和箫剑，也跟着蹿了进去。

工厂里，若干女工正在染布晾布。地上，有许多的大染缸。看到小燕子等人横冲直撞地奔进来，工人们大惊，惊呼着：

"什么人？怎么可以闯进来？不要弄脏了我们的布！"

工人们还没回过神来，李大人带着便衣侍卫，也跳进工厂。李大人急呼：

"格格请留步！臣有话要说！情况不像你们所想的那样恶劣……听说各位伤的伤，病的病，臣奉旨带了太医来，给各位治病……"

小燕子见李大人追来，又急又气，大骂：

"你还想骗我！上次用渔网网我的，就是你！我才不会那么傻，被你们骗！我知道落到你们手里，就是'杀无赦'！我好不容易保存的脑袋，绝对不会再丢掉！你对我用渔网，我也给你一张渔网！"

小燕子喊完，抓起一块染布，就对李大人抛去。箫剑和永琪赶来，双双抓住染布一角，对李大人撒网似的撒下。永琪大喊：

"李大人！你放弃吧！今天，看在你也是为人臣子，我不对你用杀手！带着你的部下，快撤！"

李大人不敢反抗，还试图解释："五阿哥！皇上心存仁厚……"话没说完，染布已当头罩下。

李大人大惊，拔剑在手，拼命去砍那些布。奈何布质柔软，砍不断，理还乱。一时之间，闹了个手忙脚乱。

小燕子一看，这个好玩，就不住地把染布拉下，抛向敌人。萧剑和永琪，存心要拖延时间，让尔康、柳红可以收拾东西，就拼命配合小燕子，用染布撒向追兵。

几个侍卫，被染布裹住，好生狼狈。其他侍卫，纷纷拔出长剑，和萧剑、永琪大打出手。

工厂女工一看，又是刀又是剑，吓得大呼小叫，逃的逃，跑的跑，躲的躲，闪的闪。一时之间，只见红、黄、蓝、绿各色染布，漫天飞舞，刀枪剑戟，闪闪发光。女工们没命奔逃，小燕子等人拳来脚往。一个染布工厂，弄得天翻地覆，眼花缭乱。

李大人好着急，生怕伤到永琪和小燕子，大喊：

"不许伤人！大家小心！"

众侍卫不敢伤到永琪等人，难免打得顾此失彼。

小燕子却越战越勇，跳上一个染缸的边缘，和几个追兵缠斗。一个应付不了，差点被打落染缸。幸好永琪飞身而至，及时救下小燕子。萧剑就跳过来，一脚把侍卫踢进了染缸。等到那个侍卫从染缸里冒出头来，已经被染成了一个"绿人"。

小燕子大笑：

"哈哈！哈哈！这个好玩！"

小燕子就再跳上染缸边缘，永琪和萧剑急忙去配合她。三人合作无间，将众侍卫左一个、右一个打进各色染缸。

李大人站在工厂里跳脚，还在不住口地高呼：

"五阿哥！还珠格格……皇上心存仁厚，不会要各位的脑袋了，赶快停止抵抗，随臣回去复命……"

小燕子大喊：

"你回去告诉那个瞌睡龙，我们再也不会回去了！就算被追兵打到断手断脚，全部死绝，也不会回去了！"

"还珠格格不要负气……"

李大人话没说完，萧剑一掌打来，李大人仓促应战。没料到萧剑武功那么高强，被打得飞身而起，掉进最后一个染缸中。萧剑就大吼道：

"小燕子、永琪，我们快走！"

三人不再恋战，飞跃而去，直奔四合院。

尔康、柳红和紫薇已经匆匆地收拾了一些行李，备好马车，在院子里等待。

"他们来了！他们来了！"柳红大喊。

小燕子、永琪、萧剑飞奔而来。永琪和萧剑跳上了驾驶座，小燕子上了车。大家刚刚坐稳身子，萧剑和永琪一拉马缰，马车就飞驰起来。

小燕子坐在马车里，得意地嚷着：

"紫薇，你们没有看见，那个李大人被我们整得好惨！上次，他用渔网来网我，这次，我们把他们通通打进染缸里，全部染成红红绿绿的！那个李大人，现在是皇阿玛面前的'红人'了！哈哈！哈哈！"

紫薇惊奇地看着小燕子，说：

"我们弄得这么狼狈，一路逃难，一路被追捕，我好奇怪，你还能笑得这么高兴！"

"当然高兴，他们那么多人，我们只有三个，把敌人打得落花流水，怎么不高兴？"小燕子嚷着，忽然有个大发现，"我现在知道，为什么叫作'落花流水'了！原来，把敌人打进染缸，就叫'落花流水'，每个人染得像朵花，红、黄、蓝、绿都有，再弄得湿答答，这就是'落花流水'！我懂了！"

小燕子兴冲冲，紫薇却有点忧郁。尔康关心地看着紫薇说：

"紫薇，你不要紧张，你千万把心情放轻松一点！要知道，我们以后的人生，恐怕都要在追追逃逃的日子里度过！大夫说，你的眼睛是受了刺激才失明的，我现在最怕的事，就是你再受刺激！"

"皇阿玛为什么不放手呢？"紫薇一叹，"为什么一定要追杀我们呢？我们大家都死了，对他有什么好处？"

"不要再想这个问题了！想了，只是让我们痛心而已。"尔康说。

"如果皇阿玛一直不肯放手，我们一直逃亡，要逃到哪一天为止？就算到了大理，他还是可以派人追到大理！什么地方，才是我们可以安身立命的地方呢？"

小燕子就拍拍紫薇，说：

"其实，这种生活也蛮刺激的，我们就当是在玩'官兵捉强盗'！玩得又精彩，又刺激，有什么不好？"

"对！大家振作一点，走一步算一步。也可能，闹到最后，皇上累了，放弃了！那就是大家的运气了！"柳红也给紫薇打气。

紫薇抬头看着窗外，深思地说：

"虽然我们这样狼狈，被皇阿玛追杀得伤痕累累，但是，我还是常常想着皇阿玛对我们的好。难道，皇阿玛只记得我们的错，就从来没有想过我们的好吗？"

一句话说得小燕子也难过起来，尔康也默默无语了。

马车在原野上飞驰着。尔康看着车窗外向后倒退的旷野、树木，觉得，那个皇宫，真的离自己越来越远了。

第二章

皇宫还是巍峨地耸立着。

这天，容嬷嬷急急地走进了坤宁宫，对皇后低声地禀道：

"娘娘！巴朗回来了！"

"人呢？"皇后一震，"快传！"

巴朗进门，甩袖跪倒。

"巴朗叩见皇后娘娘，娘娘千岁千岁千千岁！"

"起来说话！追到他们几个没有？"皇后急问。

巴朗站了起来，垂手而立。

"回娘娘，巴朗带了手下，追查到洛阳，发现了他们的踪迹，紫薇格格的眼睛已经瞎了！"

"什么？紫薇瞎了？怎么瞎的？"皇后一个惊跳，问。

这时，在大厅门外，永琪走来，想要进房，发现房门关着，就跑到窗边去张望，正好听到皇后的话，吓了一跳，呆住了。在永琪小小的心坎里，紫薇和小燕子，是宫里对他最和颜悦色的人，他永远忘不掉玩焰火棒那个晚上！听到紫薇瞎了，他就大大地震动了。

"回娘娘！想是被一路追杀，受伤了！"巴朗说，"奴才打听了消息，发现他们正向襄阳的方向逃逸，就追了过去，在洛阳城外，和他们大打了一场！他们之中，有几个武功非常高强的人在保护，奴才手下伤了好几个！但是，他们也没有占到便宜！福大人被砍了两刀，已经受了重伤，大概活不成了！五阿哥也被我们砍伤了！至于金琐那个丫头，听说已经掉落悬崖死掉了！"

永琪听得目瞪口呆，大受惊吓。

"然后呢？"皇后追问。

"奴才已经掌握了他们的动向，派人去均县卧底埋伏了，只要他们到了均县，我们就可以把他们全部解决！现在，他们伤的伤，瞎的瞎，应该走不动，也走不远了！奴才快马加鞭，先赶回来向娘娘报告！也请示一下，是不是还要继续追杀？"

皇后就看容嬷嬷。容嬷嬷深思地说：

"皇后娘娘，你不是要'斩草除根'吗？现在，他们受伤的受伤，瞎眼的瞎眼，正是下手的大好时机，如果现在不忍心，以后，恐怕就没有这么好的机会了！"

皇后还没说话，窗外，传来奶娘的惊呼声：

"十二阿哥，奴才到处找不到你，怎么趴在窗户上？为什么不进门呢？"

皇后和容嬷嬷大惊。容嬷嬷就急步走到门前，打开了门。

只见奶娘牵着永璂，正站在房门口。容嬷嬷一怒，劈手就给了奶娘一耳光，大骂：

"你会不会带孩子，怎么让十二阿哥爬窗子，这儿是玩的地方吗？万一阿哥有个闪失，你有几个脑袋来赔？"

永璂见奶娘挨打，又听到许多惊心动魄的事，就再也按捺不住，冲上前来，对着容嬷嬷一脚踢去，大喊：

"你好可怕！你要杀五阿哥，你要杀紫薇姐姐和小燕子姐姐，你还打我的奶娘，你好可怕……"

容嬷嬷吓了一跳，连忙后退。皇后脸色一变，震惊无比。

永璂就冲到皇后面前，涨红了小脸，愤然地大吼：

"皇额娘！你不是说，做人要心地光明，要孝顺父母，友爱兄弟姐妹，待人要宽厚，要仁慈吗？你派人去杀五阿哥，去杀紫薇姐姐和小燕子姐姐，还砍伤了尔康哥哥和五阿哥……你好残忍！我要告诉皇阿玛去！"

永璂喊完，调头就向门外跑。容嬷嬷急忙飞奔上前，拦腰抱住了他，颤声喊：

"十二阿哥请息怒！十二阿哥听错了，没有这么一回事！千万不要误会了，你皇额娘不是这个意思！"

皇后被永璂这样一闹，真是心惊胆战，再加上永璂的话，字字句句，竟像利刃一样，刺进她的内心深处，她就冷汗涔涔了，急忙对巴朗说道：

"你退下！暂时什么都别做，等我的命令！"

"喳！奴才遵命！"

巴朗急忙躬身而退。容嬷嬷就对奶娘吼道：

"你也下去!"

奶娘赶紧退出了这个是非之地。容嬷嬷拉着永璂,把他带向皇后。

"皇额娘!"永璂激动得不得了,一路挣扎着,叫着,"你不知道紫薇姐姐和小燕子姐姐对我有多好,别人不跟我玩,她们跟我玩,别人看到我就躲开,只有她们会对我笑!你为什么要杀她们?为什么?为什么?"

皇后震动得一塌糊涂,激动地拉着永璂,蹲下身子,哑声地问:

"永璂!什么叫'别人不跟你玩','别人躲开你'?"

"我不知道!大家都说皇额娘好凶,看到我就假装看不见!只有小燕子姐姐和紫薇姐姐不会这样!"永璂嚷着。

皇后震惊极了,不敢相信地看着永璂,痛心地说:

"居然有人看到你,假装看不见?小燕子她们跟你玩?她们跟你笑?她们不会那么好心,那是骗你的!"

"什么骗我的?跟我玩就是跟我玩,跟我笑就是跟我笑!你要杀她们,我都听见了!皇额娘,你这么狠心,我恨你!"

皇后一颤,被永璂这句话打倒了,她痛楚地看着永璂,喊道:"孩子!别恨我,我所有的出发点,都是为你!如果你恨我,我还斗什么?还拼什么?还跟人争什么?"她把永璂抱得紧紧的,喊着:"永璂!我没有要杀她们!你听错了,我是派人去保护她们!要杀她们的,是皇阿玛!"

容嬷嬷也蹲下身子来,急忙说:

"十二阿哥,你可千万不要去找皇阿玛!上次,皇阿玛要砍两位姐姐的头，你也在场，听得清清楚楚，对不对？两个姐姐好不容易逃走了，如果皇阿玛知道她们在什么地方，一定会把她们抓回来，肯定还要杀她们的！你总不愿意，让两个姐姐被砍头吧？刚刚你在窗外，没有听得很清楚，你可不能随便冤枉你的额娘呀！那会害死你额娘的！知道吗？知道吗？"

永琪狐疑地看看容嬷嬷，又看看皇后，困惑了。

"是吗？你们不是在研究怎么'追杀'五阿哥和小燕子姐姐他们吗？不是说紫薇姐姐瞎了吗？"

"那只是听说，还没有证实！"皇后搂着永琪，心慌意乱地喊，"我保证，不去杀他们，不去杀他们！你也千万别在外面胡说！相信你的额娘吧！好吗？好吗？"

永琪迷惑了，弄不清楚了，确实，上次皇阿玛要杀紫薇和小燕子，所有的事还在眼前！他糊涂地看着皇后和容嬷嬷，说：

"你们大人是怎么一回事？说一个样，做一个样！我都不知道要相信谁，应该相信谁。"

皇后看着困惑而迷茫的孩子，心中就痛楚了起来。眼前，蓦然浮起紫薇受到针刺时，对她一声又一声地喊着：

"皇后娘娘，十二阿哥在窗外看着你呢！十二阿哥在窗外看着你呢！十二阿哥在窗外看着你呢……"

皇后接触到永琪那纯真而善良的眼神，猛地打了一个冷战。到了这时，她才明白紫薇喊那句话的意思。她把永琪的头，紧紧地抱在怀里，整个人都发起抖来。

紫薇、小燕子等一行人，这天，流浪到了一个小镇。他们走得有些累了，没有发现追兵，就在这小镇暂时落脚，住进一家客栈。

　　安顿好了之后，大家在小镇上闲逛，居然看到有人在卖艺。大家的兴致都来了，全部围拢过去观看。

　　只见街角，有个年约十一二岁的女孩，在表演特技。她把许多凳子，一个叠一个，叠得好高。一面叠，一面往上爬。爬到顶端还不够，开始危危险险地表演倒立。围观群众，个个为她捏把冷汗，看得目瞪口呆。

　　凳子下面，一个大汉正敲着锣，大声地吆喝着：

　　"大家来看啦！最惊险的表演，最卖命的表演！不只倒立，还要顶盘子！"

　　女孩好不容易倒立成功，大汉就丢了许多盘子给她，她一一用脚接住，摞了好高的一摞，再舞着盘子旋转。

　　观众掌声如雷。小燕子、尔康、永琪、箫剑、紫薇也急忙鼓掌。

　　"哇！太难了！太危险了！原来是个同行，她也在卖艺，比我们的难了一百倍！"小燕子惊呼着，大喊，"好！太好了！好得不得了！"

　　小燕子赞美了还不够，竟然帮那个大汉吆喝起来：

　　"各位乡亲、各位朋友、各位父老兄弟姐妹们，大家看了表演，就要付钱！不要让这个小姑娘白白卖命！"

　　小燕子说着，就掏出几个铜板，丢在地上的碗里。围观群众也跟着解囊。

这时，女孩一个失手，一个盘子掉落打碎了。大汉立刻抬头，凶恶地喊：

"丫头！你给我小心一点！这么多人看着，不要出丑！再敢砸碎盘子，我要你的命！"

女孩一慌，又是好几个盘子落地打碎了。大汉大怒，对女孩挥舞着拳头。

"你是不是故意要拆你爹的台？当心我收拾你！重新来过！重新来过！"又丢了几个盘子上去。

女孩用脚接过盘子，心惊胆战，手脚已软，一个不小心，脚一滑，所有的盘子乒乒乓乓落地，凳子也噼里啪啦掉下来，女孩就从上面摔落。

围观群众生怕被砸到，跳的跳，跑的跑，四散奔逃。永琪大叫："小心！"奔上前去，把女孩接住了。

永琪放下女孩，围观群众也跑得差不多了。女孩就非常害怕地对大汉说：

"爹！对不起！我再来一遍好了……"

谁知，那大汉居然拿起一根藤条，一下抽向女孩，大骂：

"死丫头！你是故意的！你把盘子全部砸光了，把客人也砸跑了，怎么重来一遍？你故意摔下来，你找死……"

小燕子一看，气坏了，大吼一声，冲上前去，劈手抢掉了大汉手里的藤条：

"你是哪门子的爹呀？女儿那么小，要她做这么危险的表演，幸亏我们把她抱住了，要不然，从那么高摔下来，不受伤才怪！你不安慰安慰她，还拿藤条抽她？你有没有一点良心、一点爱心呀？"

大汉大怒，对小燕子用力一推。

"我管我的女儿，关你什么事？你是什么东西，敢来教训老子？"

永琪见大汉出手推小燕子，哪里能够容忍，上去一接，把大汉的手用力一扭，吼着说：

"你虐待女儿，拿小孩子的生命开玩笑，我要把你送到官府去治罪！"

"官府又怎样？"大汉大叫，"管天管地，管不着拉屎放屁！管东管西，管不着打儿打女！你们是哪里来的流氓、土匪？我管我自己的女儿，要你们来放屁……"

大汉话没说完，尔康扬起手来，"噼里啪啦"地给了他几耳光，义正词严地说：

"这种无赖，让人忍无可忍！我最受不了虐待孩子的人，嘴里还这样不干不净！不给你一点教训，你就不知道这个社会上还有正义感！有你这样的爹，你的女儿简直是倒了十八辈子霉！"

女孩看到众人下手维护她，就突然上前，对小燕子等人跪下了，喊着说："各位哥哥姐姐！快救我，这个人根本不是我爹，我爹穷，把我卖给了他！他凶得不得了，每天不给我吃，还要我表演，演不好就打，我好怕……好怕……"说着，就哭了起来。

众人一听，个个血脉偾张了。尔康就对大汉大声一吼：

"这小姑娘是你的女儿吗？"

"是又怎样？不是又怎样？反正是老子花钱买的，女儿也好，丫头也好，她就要给我表演，给我赚钱……你们管不着！"

这时，散掉的观众又都聚拢了，听到大汉说这种话，不禁群情激愤。

尔康怒不可遏，抬头看萧剑、永琪：

"我们试试看管得着还是管不着！"

尔康话没说完，就一脚把大汉踢得飞了起来。

"哎哟……"

大汉落了下去，萧剑再一脚踢过去，大汉再度飞了起来，永琪再接上去一脚，大汉再度飞起，小燕子赶上前去，再一接，大汉又飞了……众人就像踢球一样，把大汉踢来踢去。

观众看得目瞪口呆，从来没有看过这样的好戏，疯狂地鼓起掌来，喊着：

"好！过瘾！这样的爹，太可恶了！教训他！教训他……"

大汉被众人踢得哇哇叫，这才知道遇到高手了，开始哀哀讨饶了。

"各位好汉，各位姑奶奶，我错了，不敢了……哎哟，哎哟……请饶了我吧！"

大汉落地，尔康一脚踩在他身上，厉声问：

"你还敢不敢欺负这个小姑娘？"

"不敢了！不敢了！再也不敢了！"

女孩急忙给众人磕头，拜拜，害怕地喊着："他还会打我的……等到你们走了，他会狠狠打我的，各位哥哥姐姐，我好怕……"说完就捋起衣袖，给众人看她鞭痕累累的手臂：
"他好喜欢喝酒，赚了钱就喝酒，喝醉了要打我，生意不好也
要打我……各位救救我！救救我……"

女孩就一直磕头，一直对众人拜着。紫薇弯腰，把她拉
了起来，看着尔康，说：

"我们这样帮不了她，只会给她惹来灾难，等到我们都走
了，谁知道她那个'爹'会怎么虐待她？就算今天我们护着
她，明天呢？后天呢？"

"依你说，怎么办？"尔康问。

小燕子就往前一冲，对大汉嚷道：

"这个小姑娘，我们问你买了！你说，要多少钱？"

大汉眼珠一转：

"买了？不行不行，她是我的宝贝儿，我的乖女儿，我
不卖……"

小燕子一脚踹去，大叫：

"你卖不卖？卖不卖？不卖我就把你踢死！"

"哎哟！哎哟……好好好，我卖，我卖！"大汉呻吟着。

"多少钱？"

"五十两银子！我是五十两银子买来的，没有五十两银
子，打死我我也不卖！"

"五十两银子？尔康，我们大概连十两银子都没有！"柳
红说。

"那……我不卖！她是我的金饭碗，卖了，我就没饭吃
了，你们打死我吧，我反正不卖！"大汉说。

"我们大家把身上的钱集中，算一算有多少？"萧剑拿出钱袋，倒出所有的钱。

众人就掏出全部的钱，数了数，紫薇再留下了一些生活费，抬头看着大汉：

"十二两银子，卖不卖？"

"门都没有……"

大汉话没说完，萧剑走上前去，把大汉拎了起来，瞪着他的眼睛，一个字一个字地说道：

"我只跟你说一遍：如果你不卖，我挑断你的手筋，挑断你的脚筋，再挖掉你的眼珠，把你丢到护城河里去喂鱼！那时，别说十二两银子捞不着，你的命也没有了！我绝不虚言恐吓！你卖不卖？"

大汉看着萧剑，但见萧剑眼色森冷，不禁打了一个冷战，吓坏了，哭丧着脸：

"卖了！卖了！"

萧剑就拎着大汉，说：

"好！跟我去客栈里，写一个字据给我，免得你赖账！"

萧剑拎着大汉就走。围观群众，不禁疯狂地鼓掌叫好。

紫薇、小燕子、柳红就拥着女孩，往前走去。女孩不敢相信地跟着大家，像是做梦般，带着一脸的笑意。

结果，这些落难逃亡的格格和王孙们，身上的银子越来越少，身边还多了一个孩子。这天晚上，大家先给女孩买了一身像样的衣服，再帮她梳洗，然后，叫了一桌子的鸡鸭鱼肉，大家围着餐桌，看着她狼吞虎咽。女孩贪婪地吃着，好像已经饿了几百年似的，大家看得目瞪口呆。小燕子义愤填膺地问：

"那个混账要你饿着肚子表演吗？你几天没吃了？"

"两天都没吃了，"女孩咽下了一口饭，说，"爹说，吃了东西会长胖，胖了就不能表演，不给吃！所以我才没力气，才会摔下来！"

"岂有此理！我们还给他钱！应该把他抓过来，也饿他几天再说！"小燕子喊。

"你叫什么名字？几岁了？"紫薇看着女孩，柔声问。

"叫丫头！"

"这算什么名字？"紫薇一愣，"你亲生的爹，也叫你丫头吗？"

"我不知道亲生的爹是谁。从小，我就在学杂耍，被一个爹卖给另外一个爹，卖来卖去，不知道卖了多少回！我没名字，也没姓！不知道哪年生的，也不知道自己几岁。"

小燕子一听到女孩这番话，就傻了。用手托着下巴，呆呆地看着她，眼中湿润起来：

"没爹没娘，没名字，也没姓！不知道哪年哪月生，也不知道自己几岁。走江湖卖艺过日子……怎么跟我一模一样呢？"

箫剑不禁深深地看着小燕子，满眼都绽放着同情和温柔。

小燕子就喊："柳红，你还是叫柳红，把你那个'小鸽子'让给她吧！"她拍拍女孩的肩，说道："从此，你有名字了，我给你一个名字，我叫小燕子，你叫小鸽子！你是我们大家的小妹妹！"

女孩听了，就急忙推开饭碗，起身要拜，说：

"小鸽子拜见各位哥哥姐姐！"

柳红慌忙拉起女孩，让她坐回饭桌边。

"别磕头啦！赶快吃东西，菜凉了不好吃！这认哥哥姐姐，慢慢来没有关系！"忙着把鸡腿夹到女孩碗里，"快吃，快吃！"

女孩见到大家温柔地看着她，亲切地问东问西，殷勤地给她布菜，感动得不得了，低着头拼命吃。

尔康、永琪、箫剑交换着视线。三个男人，毕竟比较理智，都在想着同一个问题。尔康看看三个忙着照顾女孩的姑娘，不忍扫兴，叹了口气说：

"先让她们好好地睡一觉，明天再来讨论吧！"

第二天一早，大家就起身了，忙忙碌碌地把行李搬上马车。

小鸽子笑得好灿烂，跟着小燕子转，忙着搬东西，喜悦地喊着："我来搬！我来搬！别看我人小，我的力气很大！小燕子姐姐，给我！"抢下小燕子的包袱，搬上车。又跳下车，去帮紫薇搬东西。"我们要去哪里？有这么漂亮的马车坐，真舒服啊！"她快乐地跳上车，东摸摸，西看看。

尔康、永琪、箫剑互看了一眼，就把小燕子、紫薇、柳红拦在马车门口。

"小燕子，紫薇，我们大家要谈一谈！"尔康说，"这可是一个大问题，我们整天翻山越岭，到处流浪，今天不知道明天住哪儿！后面还有敌人在穷追不舍，我们已经自顾不暇，怎么能够再照顾一个孩子？”

“那……你们要把她怎么办？”小燕子急了。

“听我说，昨天救她，是义不容辞！”永琪诚恳地说，“但是，带着她，是绝对不行的！我们要找一个安全的地方，把她留下来！”

“她没有家，没有亲人，要留给谁？”紫薇也急了，“我们就勉为其难，带着她走吧！小燕子已经认了妹妹，她就是我们大家的妹妹了！”

“就是就是！”小燕子嚷着，“如果我们不带着她，她说不定又会被那个坏人弄回去，再让她饿着肚子表演！不行不行，我要带着她！”

“小燕子，你要理智一点！”永琪正色说，“这不是感情用事的时候，你分析一下我们的状况，想一想，带着她，对她好吗？对她安全吗？我们有实际的困难呀！”

“如果我们后面没有追兵，我一定赞成带着她走！”尔康接口，“但是，我们常常要应付突如其来的打斗……”他看着小燕子：“想想看，那天遇到敌人的时候，我们被冲得四分五散，到现在，金琐和柳青都没有归队。如果我们又被冲散了，谁来照顾她？而且，一路上动刀动枪，连我们自己都这个伤那个病，万一不小心，让她受伤怎么办？那不是救她变成害她了吗？”

“我保护她！”小燕子说。

“你能保护自己就很不错了！”永琪说。

萧剑就一步上前,建议说:

"这样吧,我们下面一站改变路线,我们去南阳!我在南阳有一个好朋友,姓贺,夫妇两个人,为人好得不得了,家境也好得不得了,可惜到了中年,还没半个子女,我们正好把小鸽子托付给他们,我保证,贺家会把她当自己孩子一样爱的!等到我们将来不需要逃亡的时候,安定下来的时候,再来接她,怎么样?"

小燕子看着三个男人。

"反正,你们三个已经计划好了,就是不要带她,是不是?"

"不是'不要带她',是'带不起她'!"永琪说。

小燕子就对永琪一凶:

"那我一定要带她,你预备怎么办?"

永琪一愣,说:

"你又开始不讲理了!大家已经跟你分析过了,有困难嘛!你怎么永远这样任性呢?想要怎样就怎样,你要顾全大局呀!"

"我就是要带着她!我一定要带着她!"小燕子生气地、任性地喊,"如果你们不要带,我跟她一起留下来!"就对着车上喊:"小鸽子!下车!"

小鸽子急忙跳下车来。小燕子眼泪一掉,过去握住她的手,说:"小鸽子,他们大家都不要你,你只好跟着我!我们俩去闯江湖,你的表演,加上我的表演,我不相信我们会活不下去,我们就有福同享,有难同当吧!"回头对众人说道:

"再见！"拉着小鸽子，就往前走。

紫薇和柳红急忙拦过去。

"不要这样子，大家再研究一下嘛！生气解决不了问题！"紫薇说。

"小鸽子！"柳红就一把拉住女孩说，"你赶快叫小燕子姐姐别生气了！大家先上车，一面走，一面讨论好不好？"

"不好！"小燕子大声说，"讨论来，讨论去，一定不会把她留下的！我不要讨论，我带她走就是了！"

小鸽子看到大家这副样子，非常害怕，顿时眼泪汪汪。

永琪有些生气了，对小燕子嚷着：

"你明知道我们不能丢下你不管，这样矫情是什么意思？"

小燕子回头对永琪喊：

"我矫情？你才自私呢！你才霸道呢！你只管自己，不管别人，说的比唱的还好听，什么顾全她的安全，就是嫌她累赘！她是我的，我带走，也不行吗？"

箫剑急忙走上前去，对小燕子投降了，嚷着：

"好了好了，不要吵了，我投降，我们带她一起走！管它是福是祸，总之大家在一条船上，要沉一起沉！好了！不要生气了，上车吧！"

小燕子一听，还是箫剑够义气！就走过来，挽住箫剑的手，把眼泪擦在他的衣袖上，热情地嚷着：

"箫剑！还是你对我好！还是你了解我！你是世界上最好最好的人！"

永琪一看，小燕子居然用箫剑的衣袖擦眼泪，亲热成那个样子，让人是可忍，孰不可忍。立即气得眼冒金星，一拂袖子，调头就走，喊着："你们上车！该留下来的不是小鸽子，是我！我走！"说着，就向前急冲而去。

尔康摇摇头，急忙追了过去，对永琪说：

"永琪，你沉住气好不好？救下小鸽子，是件好事，闹得我们自己四分五裂，就太不值得了！我不是跟你说过吗？现在不是制造裂痕的时候，无论如何，要忍！"

"换了是你，忍得下去吗？"永琪怒不可遏，"我坦白告诉你，不论那个箫剑对我们有多大的恩惠，再这样过下去，我不知道自己会做些什么。"

"我了解，但是，你现在负气一走，岂不是把一切都拱手让人了？你服气吗？"尔康拉着永琪往前走了一段，远离众人，语重心长地说，"如果我是你，我会守住小燕子，守得牢牢的，不给任何人可乘之机！"

永琪傲然地一甩头，说：

"一个和我走过大风大浪的女子，一个和我有山盟海誓的女子，如果还需要我去'守'，我宁愿放弃！或者，大丈夫的定义是'该放手的时候就放手'！我这点骄傲还有，她如果把箫剑看得比我重，我成全他们！"

在马车那儿，大家看到尔康和永琪越走越远，都知道永琪这次气大了。

紫薇看看小燕子，不以为然地摇摇头，推了推她，低声地说：

"你还不去把永琪拉回来？"

"他爱生气，让他去生！"小燕子色厉内荏地说。

萧剑看到这种局面，脸色暗淡了下去。他深深地看了小燕子一眼，再看看越走越远的永琪，做了一个痛苦的决定。他眼里闪过了一丝不舍，就潇洒地扬扬头，纵身一跃，飞身落在永琪和尔康的面前，拦住了二人，毅然决然地说：

"大家请上车吧！不要再耽搁了，万一追兵追到怎么办？我再送各位一程，到了南阳，我把小鸽子安顿好，就和各位告别了！"

永琪和尔康听了，两人都大大一震。

第三章

　　大家默默地上了马车，继续向前行进。驾驶座上，坐着的是柳红和箫剑。箫剑一反平日的洒脱不羁，变得非常沉默，拉着马，驾着车，郁郁寡欢。柳红看看他，看看道路，不知道该说什么好。半晌，箫剑忽然问柳红：

　　"你认识小燕子多少年了？"

　　"快七年了！"柳红算了算。

　　"那么，你认识她的时候，她只有十二岁？"

　　"是！和小鸽子差不多大，我自己也只有十五岁！我、小燕子、柳青是一块儿长大的，说实话，当初，我以为我哥会和小燕子在一起，后来，紫薇加入我们，我又以为我哥会和紫薇在一起，结果，他却和金琐在一块儿了！我哥说，世界上的事，不能强求，该你的，跑不掉，不该你的，也求不来！"

　　箫剑听出柳红话中有话，看了她一眼，又问：

　　"小燕子当初怎么会和你们在一起的，你还记得吗？"

"记得！那年冬天，好冷！我和我哥去街头卖艺，赚了一点钱，收摊的时候，小燕子抢了我们盘子里的几个铜板就逃，我哥把她捉了回来，发现她冷得发抖，几天没吃饭了，刚刚才从一个虐待她的主人家逃出来，无家可归。我和我哥，就把她收留下来，一直住在大杂院里，她那一点儿拳脚功夫，也是跟着大杂院里一个顾师傅学的，顾师傅几年前去世了！说起来，小燕子的身世是蛮可怜的！所以，她看到小鸽子这样，就没办法不管了！"

萧剑深思起来，眼中，凝聚着深刻的怜惜，叹了口气说：

"是啊！好可怜的小燕子，难为她，在这么多苦难的折磨下，居然长成一个坚强乐观的姑娘，风吹不倒，雨打不倒，像一朵傲霜花。更加离奇的是，这样的出身，居然会混进皇宫，当了格格，再历经指婚、坐牢、砍头……弄到今天这个地步，真是曲曲折折，匪夷所思。"

柳红深深地看了他一眼，在他眼中，看到那么深切的关心和不舍，就体会到永琪为什么要吃醋了。

车子里，小燕子搂着小鸽子坐着，生着闷气，脸色非常难看。永琪的脸色也非常难看，瞪着车窗外面。小鸽子了解了是自己的问题，造成大家不高兴，就很害怕地看看这个，看看那个。尔康和紫薇坐在一起，两人不知道该劝谁才好。大家就静悄悄地坐着，好久都没有人说话。最后，还是尔康忍不住，打破了岑寂：

"好了！大家能够相聚的日子，也没有几天了，能够在一起的时候，还是珍惜一点吧！一旦分手，再相逢就不知是何年何月了。"

小燕子一惊，抬头问："什么'能够相聚的日子，没有几天了'？谁要走？"就瞪着永琪，憋着气问："你还是决定要走，是不是？"

"你巴不得我要走，是不是？"永琪尖锐地问回去，抬高声音说，"可惜不是，是你的那个'哥们'要走！"

小燕子、紫薇通通震动了。小燕子就惊呼起来："他要走？他为什么要走？这是什么意思？"她焦灼地看尔康："真的吗？"

"是！他说他只送我们到南阳！"

小燕子一呼地从位子上跳了起来，冲着永琪嚷道：

"你干的好事！你把他逼走！想想看，那天我们在囚车上，如果没有他及时出现，恐怕你们没有那么顺利劫成囚车。这一路，如果没有他一站一站安排，为我们打架拼命，恐怕我们老早给瞌睡龙抓走了！紫薇如果没有他，去找那个顾正救人，恐怕现在还陷在妓院里出不来……他为我们做了这么多事，你一点感激都没有，一点感动都没有，居然赶他走！你太没风度了！"

永琪一听，脸都绿了，憋着气，重重地说道：

"你放心，如果你这么舍不得他，你去把他留下来，我走就是了！"

紫薇听到这儿，也沉不住气了，看着小燕子和永琪，不满地说：

"你们两个是怎么一回事？一定要把好好的一个大家庭拆

散？我们这样风雨同舟，共过这么多的患难，每一个人，都是家庭里的一员，许聚不许散！为什么要这样轻易地说分手呢？一个小鸽子，跟我们只有一天的相聚，我们还舍不得和她分手！可是，萧剑、永琪和我们是多么深刻的关系，怎么可以一任性，就说分手？看样子，你们男人比我们女人还小气！心胸豁达一点不好吗？"

"你的意思，是我小气，是我不够豁达？"永琪瞪着紫薇，"就算看到什么不该看到的事，我也要装聋作哑，是不是？"

小燕子大怒：

"你说的是什么话？什么是'不该看到'的？我光明正大，没有做过一点偷偷摸摸的事，你不要在这儿胡说八道！你看不惯，尽管走好了！"

小鸽子看到大家吵成这样，就用手揉揉眼睛，很懂事地说：

"各位哥哥姐姐，你们不要为我吵架了，我知道，你们不方便带着我，随你们把我留在哪里，都没有关系，你们不要生气了！"

小燕子越想越气，伸手敲了敲车顶，大叫：

"停车！停车！"

萧剑和柳红诧异地回头。柳红喊：

"你又要做什么？"

"我受不了了！"小燕子大叫，"停车！我们把自己的问题解决了再走！"

马车停下来了，所有的人全部下了车。小燕子就嚷着：

"箫剑！你跟我说说清楚，你说，到了南阳你就走了，是什么意思？你不要我们了？不管我们了？你不是说，要跟我们拜把子，有福同享，有难同当吗？你还念了那首我听不懂的诗，什么'掉下地就是兄弟，亲不亲都没关系'，说得那么好听，原来你都是骗人的，是不是？"

箫剑一愣，看看众人，看看小燕子，勉强地说：

"我的意思是说，天下无不散的筵席，大家总有一天要分手，早些分开也好！我还有我自己的路要走！"

小燕子气急败坏地嚷：

"我不管天下有没有'不散的东西'，你不要转文，你就老实告诉我，你是不是走定了？"

箫剑看着这样着急的小燕子，体会到她的热情和焦灼，心中矛盾极了，沉声说：

"除非……还有什么特殊的原因……"

"如果我'拼命'留你呢？我'拼命拼命拼命'留你呢？"小燕子冲口而出，看着大家，求助地说，"你们呢？要不要'拼命'留他？"

永琪脸色一僵。尔康和紫薇飞快交换了一个眼色。

箫剑盯着小燕子，在小燕子坦白的真情下，眼神显得又是深邃，又是感动，说：

"小燕子，你让我好为难，好感动。我箫剑带着一身血海深仇，浪迹天涯，四海为家，不愿意自己被任何感情羁绊住！但是，自从认识了你们大家，亲情、友情就把我绑得牢牢的！要和你们大家说再见，我也有许许多多的不舍得！

可是……"

紫薇忍不住往前一迈：

"没有'可是'了！萧剑，'落地为兄弟，何必骨肉亲'？让我们这一群没根没蒂没家的人，成为真正的兄弟姐妹吧！"

萧剑一震，紫薇这句话，似乎刺进了他的内心深处。他的脸色变得非常苍白了，几乎是痛楚地看了小燕子一眼，转向了永琪，带着一股挑衅的神色问：

"永琪，你怎么说？"

永琪迎视着他，正色说：

"萧剑！亮出你的底牌来！如果你是我们的'兄弟'，我用我的生命来欢迎你，如果你是我们的'敌人'，不要用'兄弟'的面具来欺骗我们！"

萧剑盯着永琪，忽然仰天大笑，笑得有点凄厉，说：

"哈哈！哈哈！经过了生生死死、风风雨雨，今天你要我亮出底牌，说出是敌是友？如果你的良知没有办法让你体会出我是敌是友，你们这些朋友，我都白交了！既然已经被怀疑了，早散也是散，晚散也是散，各位珍重！萧剑去了！"

萧剑说完，飞身而起，直奔旷野，扬长而去。

小燕子大震，追在萧剑身后，狂喊：

"萧剑！要走，你带我一起走！"

永琪听到小燕子这样喊，气得发晕。尔康一个箭步上前，拉下了小燕子，说：

"永琪！你带着大家上车，往前走！我去追萧剑，马上赶过来！"

尔康就急追着箫剑而去。

柳红拉住了小燕子,不许她再去追。小燕子就跌坐在一块石头上,用手捧着下巴,眼泪落下来。永琪看到她这样,又气又痛又吃醋,简直不知道该如何收拾这个残局。柳红拍拍小燕子的肩膀,安慰着:

"放心!箫剑只是负气,尔康去追,一定会把他追回来的!兄弟姐妹拌嘴,总是难免,大家不要放在心里,也就没事了!"

小鸽子看到闹成这样,好难过,怯怯地走过来,抓住小燕子的手,落泪说:

"小燕子姐姐,你不要哭,到了下面一个城,你们找一个不凶的'爹',就把我卖了吧!还可以卖点银子!"

小燕子听了,更加伤心,把小鸽子往怀里紧紧地一搂,泪汪汪地喊:

"什么把你卖了?你是我的妹妹,哪有姐姐把妹妹卖掉的道理?小燕子哪里是这样没水准的人?哪里会这么没良心,不是赶这个走,就是赶那个走?"

永琪冲了过来,对小燕子一吼:

"你莫名其妙!"

"你才莫名其妙!"小燕子跳起来大喊。

紫薇急忙抓住小燕子,说:

"我们大家上车吧!好不好?不要在这儿吹冷风了!一边走,一边等他们吧!永琪!你少说几句吧!你驾车,好不好?"

紫薇就拉着小燕子上车,柳红也拉着小鸽子上车。永琪沉重地坐上驾驶座，无精打采地一拉马缰。

马车向前辚辚而去。

尔康在山上的一座亭子里，追到了箫剑。箫剑正坐在那儿郁闷地吹着箫，似乎要把重重心事，全部借箫声发泄。尔康追了进来，喊：

"箫剑！"

箫剑放下了箫，看着尔康，一叹，说：

"你追我干什么？那儿一车子大大小小，几乎没有什么自卫的能力，你再跑开，他们几个出了状况，谁来保护？何况，紫薇眼睛刚好，车里又多了一个小鸽子……你赶快回去吧！"

尔康凝视着他，感动地说：

"你走得那么潇洒，大步一迈，头也不回！你的感情可没有这样潇洒！几句话就露了真情，既然这么关心大家，怎么能够说走就走？"

"老实说，我无法忍受那个'阿哥'！"箫剑闷闷地说。

"永琪本来就有一种'刺猬病'，这个病只有在遇到小燕子的事，才会发病！病一发，就会乱发神经，碰到人就刺，敌友不分，口不择言！但是，症状来得急，去得快，等到症状减轻之后，他就会后悔得不得了！现在，你就把他看成一个正在发病的人，不要理他，等他病好了，他就又是一个最好的朋友了！"

"或者，他和我之间，是生来的'天敌'，做不成朋友吧！"箫剑沉思地说。

尔康怔了怔，深深地看着他，就认真地、坦白地问：

"萧剑！你是不是好喜欢小燕子？"

萧剑坦然地看着尔康，正色说：

"我很喜欢她，非常非常喜欢她！我也很喜欢紫薇，非常非常喜欢紫薇！我的喜欢，根本不需要隐藏！我喜欢得坦坦荡荡，不夹杂一丝一毫的男女之情，对她们两个，我从来没有非分之想！永琪那样想我，是以小人之心，度君子之腹！"

尔康眼睛一亮，就一掌拍向萧剑的肩。

"有你这几句话，什么误会都没有了！萧剑，赶快回去吧！如果你真的走了，小燕子会哭死，会和永琪绝交，那，你造的孽就大了！再说，我们还真的缺少不了你，这一路，你是我们大家的支柱！"就对萧剑一抱拳，"在下福尔康，代表我们那个回忆城的大家族，'拼命拼命'地留你！"

萧剑脸色好看多了，但是，仍然犹豫着。

尔康再一揖：

"拜托，萧大侠，那儿，有一车子大大小小，几乎没有保护自己的能力……我呢，曾经发过誓，绝对不让紫薇离开我的视线……现在，我已经心急如焚，就怕他们出问题！如果你是一个好汉，就把所有的别扭一起咽下去吧！"

萧剑听了，想着那一车的大大小小，心里的担心就像海浪一样涌上来。他一甩头，压下了自己的骄傲，抓起他的箫和剑。

"走吧！"

两人就急急地追着马车而去。

尔康和萧剑还没有追上来，马车驶进了一个柿子林，树上柿子累累。

小燕子看到车窗外的柿子林，带着一肚子的怒气，拍打着车顶，大叫：

"停车！停车！我要下车！"

永琪停下了车子。小燕子立刻跳下车，大喊：

"小鸽子！柳红！紫薇，下车来帮忙！"

大家不知道小燕子要干什么，全体下车。小燕子就对永琪气冲冲地说：

"如果你看不惯，你现在就把眼睛闭起来！因为，我要开始偷柿子了！我要把这整片林子，偷得一个也不剩！"

她说完，就跳上一棵树，把树上的柿子，一阵拳打脚踢，柿子就一个个掉在地。她高声喊着：

"小鸽子！把柿子搬到马车里去！"

小鸽子觉得好好玩，笑着到处捡柿子：

"我来捡！我来搬！"

紫薇觉得不大好，仰头看着小燕子，喊：

"不要摘了！快下来！你生气，也要认清对象嘛！这个柿子林也没有惹你！你把人家农人的柿子都采了，人家怎么办？"

永琪抬头看着发疯一样采着柿子的小燕子，真是啼笑皆非，又无可奈何。忍着气，他喊着：

"小燕子！你下来！"

"我为什么要下来？"

"你跟我生气，就冲着我来，去折腾一些哑巴柿子，算什么……"

永琪一句话没说完，小燕子对着他的脸，扔了一个柿子下来，正好打在他脸上，顿时，柿子开花，永琪一脸的柿子汁。紫薇叫："哎呀！小燕子……你实在太过分了！"就赶快掏出帕子，帮永琪擦着脸。

永琪这一怒，非同小可，大骂：

"你这个不知好歹、没有风度的疯子！你去发疯吧！我希望你被一百只大凶狗咬得体无完肤！"

"我希望你被一千只大疯狗咬得乱七八糟！一万只！十万只……"小燕子喊了回去，一面喊，一面把柿子不断地丢下来，"小鸽子，赶快捡！"

小鸽子就忙不迭地捡柿子。柳红跳着脚喊：

"这是怎么了？快把人家的柿子采光了！小燕子，你采这么多柿子，要做什么？我们也吃不完！"

小燕子采完了一棵柿子树，又跳上另外一棵柿子树。继续噼里啪啦，把柿子往下丢。永琪干脆坐到马车驾驶座上去生气，根本不看她。

转眼间，地上堆了一堆的柿子，小鸽子还在跑来跑去地捡。

小燕子已经采秃了好几棵树。每采完一棵，就跳上另外一棵。柳红和紫薇阻止不了，只得坐在一株柿子树下，无可奈何地看着小燕子。

忽然，有个农妇，手里牵着一个孩子，怀里抱着一个孩子，身后还跟了大大小小、男男女女六个孩子，个个面黄肌瘦，衣衫褴褛，跌跌冲冲地跑来。农妇大喊着："是谁在采我们的柿子？"抬头一看，大惊失色，狂叫："柿子！柿子……"

永琪一看不妙，急忙喊：

"小燕子！人家放狗来了！"

小燕子一听，大惊，从树上跳了下来。紫薇急忙走上前去，对农妇喊着说：

"不要慌，不要慌！我们付钱！你算一算，要多少钱？我们买！"

柳红就掏出钱袋，倒出钱袋里所有的铜板，问：

"这些够不够？"

农妇一脸憔悴，满眼伤痛，心不在焉地看看柳红，又抬头去看柿子树，忽然悲从中来，放声大哭。边哭边喊：

"孩子的爹，你为什么走得这么急？我连几棵柿子树都保护不好！昨天给人偷采了一大堆，今天又给人偷采！如果我不赶过来，整个林子都给人偷光了！孩子的爹，你这样一走，丢给我八个孩子，要我怎么办啊？"

农妇一面说着，一面就抱着一棵柿子树，痛哭失声。几个孩子看到母亲如此，也跟着放声痛哭起来，喊爹的喊爹，喊娘的喊娘，好生凄惨。

小燕子这一下，完全吓愣了。紫薇、柳红、永琪、小鸽子都惊呆了。

农妇和孩子们这一哭，真是"惊天地，泣鬼神"。小燕子被他们弄得手足无措，悔不当初，就急急地跑过来，一把拉住农妇，哀声喊道："对不起！对不起！我不是存心的，不是真的要偷你的柿子，对不起……我给你钱，我把身上所有的钱都给你……别哭了啦！是我不好啦！你看你看，我这儿还有一块碎银子……"她掏出自己的钱袋，把所有的钱全部倒在农妇手中："给你！给你！都给你！求求你不要哭了啦……"

但是，农妇已经越哭越痛，哀哀不能止：

"孩子的爹……回来啊……我不能没有你啊……你为什么要走……我好惨啊！柿子都给人偷了，我怎么办啊？孩子的爹啊……"

紫薇、永琪、柳红全部被她哭得心碎肠断。紫薇就喊着说：

"我们把所有的钱，全部凑起来，看看有多少！都给她吧！这孤儿寡妇的，比我们还需要钱！"

几个人就忙着翻钱袋，把所有的钱全部塞进农妇手里。

"好了好了，不要哭了，这些钱，拿去给孩子做几件衣裳……算我们买了你那些柿子！你看……好多钱！"柳红说。

农妇仍然哭不停。小鸽子把自己口袋里两个铜板也掏出来，塞进农妇手里。

小燕子看到农妇还是哀哭不已，一急，跑到马车上，把棉被也抱了过来，喊着：

"棉被也给你！算我赔给你的，好了吧？对不起嘛！我错了嘛！"

紫薇把脖子上的金链子一摘，也塞进农妇手里：

"瞧！还有我的金链子，也给你！给你！"

"紫薇，那是你娘留给你的纪念品啊！"小燕子惊喊。

"没办法了！"

永琪把衣带上的玉佩摘了下来，赶紧抢回紫薇的项链，把玉佩塞进农妇的手中。

"玉佩给你！那条项链要还给紫薇！好歹是紫薇的纪念品，尔康从那些官兵手里追回来的，不能送人！"

小鸽子又从马车上，抱下来好几件她的新衣服，堆进农妇手中，说："紫薇姐姐买给我的新衣服，全部给你，给那个妹妹穿！"指指农妇身边的女孩。

农妇看到收获如此丰富，喜出望外，这才破涕为笑，抽抽噎噎地说：

"那……那……那些柿子，你们搬走！卖给你们了！"

小燕子、紫薇、柳红、永琪、小鸽子看到农妇不哭了，就赶快搬柿子，把柿子搬上马车去。

正在这时，尔康和箫剑赶来了，一见大惊。尔康莫名其妙地问：

"你们大家在干什么？"

紫薇生怕再把农妇的眼泪引出来，急急地说：

"赶快来帮忙搬柿子，我们买了好多柿子！什么话都不要问，也不要发表意见！帮忙搬就对了！"

尔康和箫剑满脸狐疑，只得什么话都不问，拼命帮忙搬柿子。永琪看到箫剑回来了，也不知道是忧是喜，埋着头搬柿子。小燕子看到箫剑，好安慰，一面搬柿子，一面给了箫剑一个微笑。

永琪看到这个微笑，心里又打翻了五味瓶，满脸懊恼。

这天下午，大家到了一个小镇。为了处理成堆的柿子，也因为囊空如洗，大家弄了一辆板车，上面堆满了柿子。大家在街上卖柿子。

小燕子推着车，柳红拉着车，小鸽子跟在车子旁边，吆喝着：

"卖柿子啊！卖柿子啊！又香又大的柿子！又红又甜的柿子！一斤只要五个铜板！大贱卖啊！赶快来买啊！"

尔康、永琪、萧剑、紫薇跟在板车后面，议论纷纷。尔康看着永琪说：

"永琪，你真是天才，怎么会让她们几个把身上所有的钱，都拿去买了柿子？现在，又辛辛苦苦地卖柿子！我就是想破脑袋也想不明白！"

"你还是不要想比较好，碰到小燕子，什么离谱的事都会发生，买了一车子的柿子，有什么了不起？只能算是小状况了！"永琪气呼呼地说。

萧剑忍不住插口说：

"买了一大车的柿子也就罢了，怎么会把棉被、衣服……都拿去交换柿子呢？"

永琪白了萧剑一眼，没好气地说：

"那有什么稀奇？连我身上的玉佩都给人了！"

"什么？你的玉佩都给人了？就为了这些柿子？"尔康大惊。

"可不是！总不能让紫薇把她母亲给她的项链，就这样送掉了吧？”

“你们是不是遇到诈术了？”箫剑惊得睁大了眼睛，“我要回到那个柿子林，给你们讨回公道！”

紫薇伸手一拉箫剑：

“你千万别去！没有人诈我们，是我们心甘情愿买的柿子！不要研究了，赶快帮忙卖柿子吧！如果卖不掉，我们今晚连住客栈的钱都没有了！”

紫薇就奔上前去，也帮着小鸽子吆喝：

“卖柿子啊！卖柿子啊！五个铜板一斤！十二个铜板三斤！快来买啊！”

有几个路人就停了下来。

“这么便宜的柿子啊？好，我买一斤！”

小燕子急忙抓起秤，笑嘻嘻地说：“买一斤，送一斤！”看着秤，问尔康：“尔康！一斤的符号是哪一个？”

尔康傻了，看着那个秤：

“嘿嘿！你问倒我了，我还没有卖过东西！”

“马马虎虎称一称就好了！”紫薇说。

小燕子称着柿子，称来称去，秤砣都无法平衡，柿子就噼里啪啦落了一地。小燕子干脆抱了一大堆柿子，给那个路人，说：

“都给你，都给你……就算一斤吧！五个铜板！”

路人给了五个铜板，抱着柿子，欢天喜地地去了。柳红说：

“你那堆柿子，起码有三斤了！”

"管它！我现在看到这些柿子就头痛，只想赶快脱手！"小燕子就大叫，"卖柿子啊！买一斤送两斤啊！卖柿子啊，卖柿子啊……买一斤送三斤啊……"越叫越大声，越叫越便宜。

小鸽子也跟着喊：

"卖柿子啊！卖柿子啊！又甜又大的柿子，买一斤送两斤啊……"

永琪看着那一车的柿子，摇了摇头。思前想后，真是不胜感慨：

"自从离开皇宫，什么奇奇怪怪的情况都发生了！居然落魄到来卖柿子，真是不可思议！"

同一时间，乾隆正在延禧宫接见李大人，令妃焦急地站在一旁。

"什么？紫薇瞎了？尔康受伤了？永琪和小燕子在街头卖艺？怎么会弄得那么惨？你们既然发现了，为什么不让太医给他们治疗，还让他们带伤逃走？"乾隆震惊地问。

乾隆身边的令妃，更是听得心惊胆战，急急地问：

"李大人！你亲眼看见的吗？"

"回皇上，回娘娘！卑职亲眼看到福大人的手臂，缠着厚厚的绷带，也亲眼看到，五阿哥和还珠格格在卖艺……卑职曾经一再告诉五阿哥和格格，皇上心存仁慈，不要他们的脑袋，但是，他们仍然顽强抵抗！卑职生怕一个闪失，会让他们伤上加伤，不敢穷追猛打！等到他们逃走之后，再细细打听，才知道这些日子，他们一直藏在洛阳，遍访洛阳的名医，因为，紫薇格格瞎了，福大爷和五阿哥都受了刀伤，至于金琐那个丫头，听说掉落悬崖，已经香消玉殒了！"

乾隆跄跄一退，令妃脸色惨变。

"朕不是一再跟你们说，暗访！暗访！暗访是什么？你们听不懂吗？发现了踪迹，为什么要追他们？为什么不让人快马加鞭，赶回来报告朕？现在，有人跟着他们吗？他们去了哪里？"乾隆焦灼地问。

"臣惭愧，又把人跟丢了！臣已经派人，四面八方去追查了！他们伤的伤，瞎的瞎，身上又没钱，想必走不远！"李大人惭愧地说。

乾隆实在太震惊和心痛了，在室内走来走去。

"紫薇瞎了？瞎了是什么意思？她的眼睛受伤了吗？"他一个站定，对李大人情急地说道，"你再去洛阳，把那些给他们看过病的大夫，通通带进宫来，朕要亲自询问！到底他们伤成怎样？"

"喳！臣遵旨！"李大人就从袖子里拿出一张信笺，"这是臣在他们住过的四合院里，找到的一首诗，不知是谁写的，皇上要不要过目？"

李大人送上信笺，乾隆急急地打开来看，令妃也伸头一起看。

"是尔康的字！"乾隆说，就念道，"千锤万凿出深山，烈火焚烧若等闲，粉身碎骨浑不怕，要留清白在人间！"念完，心中一阵痉挛，抬头盯着李大人："什么'千锤万凿''烈火焚烧''粉身碎骨'！尔康用了这么强烈的句子！他们瞎的瞎，伤的伤，死的死……你们到底在做什么？怎么会把他们逼到这个地步？如果不是惨烈到不可收拾，尔康不会写'要留清白在人间'！他们根本就抱着必死的心态在反抗！朕不是说得清清楚楚，不能伤害他们吗？"

"皇上！"李大人惶恐地说，"卑职绝对没有对他们用武力，不知道他们怎么会伤亡惨重。还珠格格和臣短兵相接，口口声声喊着，皇上要把他们'杀无赦'！不知道皇上派了几组人马在追他们，会不会其他的追兵下了杀手？"

乾隆震惊得睁大眼睛，沉思片刻，急急地说：

"你赶快再去追查他们的下落，这次，再也不可以打草惊蛇，发现踪迹，就火速回来报告朕！谁要是再伤害他们一根汗毛，朕就把他斩了！快去！"

李大人浑身冷汗，一迭连声地应道：

"臣遵旨！臣遵旨！"

李大人退下。令妃就情急地上前，拉住了乾隆的衣袖，说：

"皇上！尔康这首诗，大有绝笔的意味！是怎样绝望的情况下，他才会这样写！紫薇如果瞎了，尔康大概也心碎了，他们一定很惨很惨！逼到五阿哥跑江湖卖艺，连暴露身份都顾不得了，可见他们已经走投无路！皇上再不救他们，恐怕这一生，要再见面就难了！"

乾隆瞪着令妃，方寸已乱。

"朕要怎么救他们？他们现在人在什么地方，朕都不知道！"

"皇上！你还不肯传福伦吗？毕竟，他们是父子连心啊！这个追查的行动，你就不要交给李大人、秦大人他们，交给福伦吧！只有福伦，会顾全他们的安全，不会痛下杀手！"

乾隆投降了，连声喊道：

"来人呀！来人呀！传福伦立刻进宫！"

福伦火速进宫，乾隆也不掩饰他的着急了，简单明了地下了命令：

"福伦，尔康逃狱的事，朕现在一概都不追究了！你赶快带几百人马，去洛阳一带找寻紫薇他们！听说紫薇眼睛已经瞎了，尔康、永琪都已受伤，到底情形怎样，朕并不清楚！李德胜跟他们见到了面，你可以仔细地问一问经过情形！你找到他们，就告诉他们，香妃娘娘的事，朕已经不再生气了！他们几个的大罪，朕也赦免了！让他们马上回宫，朕还是和以前一样重视他们！告诉紫薇，最好的大夫都在皇宫，回了家，再慢慢治眼睛，朕一定让她复明！"

福伦匍匐在地，老泪纵横了：

"皇上圣明！谢皇上恩典！臣立刻出发去找他们，把皇上的恩典告诉他们！"

"福伦！你带着朕的旨意，千万千万找到他们，告诉永琪和尔康，他们永远是朕心爱的儿子和臣子，这次的劫囚和出走，朕就算是一次'家庭问题'，紫薇说过，家和万事兴！朕很想念他们大家，漱芳斋也为她们空着，在外面吃苦受罪，餐风饮露，不是办法！还是回家最好！"

"是！是！是！臣只要能够找到他们，一定把他们带回来！"

"关于紫薇瞎了、尔康受伤的事，就瞒着福晋吧，免得又多一个担心的人！快去！把李德胜和祝祥的人马，全部合并到你这儿来，统筹由你管，免得他们几个看到追兵就盲目奔逃，再受到无谓的伤害！并且记着，有任何消息，马上派人连夜快马加鞭，回来报告！"

福伦感动至深，再拜于地：

"皇上隆恩，臣福伦代替不孝子尔康，给皇上磕头了！"

福伦磕下头去。然后起身，领旨而去了。

乾隆拿起尔康那首诗，一看再看。

"会不会确实不止朕的人马在追捕他们？会不会有人借此机会下杀手？"

乾隆一个震动，眼神深邃而锐利起来。

于是，乾隆到了坤宁宫。

皇后带着容嬷嬷和宫女们，急步迎了出来。皇后受宠若惊的，连忙请安：

"皇上！怎么今儿个有空过来？臣妾恭迎皇上！"

容嬷嬷早就匍匐于地。

"奴婢给皇上请安！皇上万岁万岁万万岁！"

乾隆往房里一站，看了看四周，对宫女和太监们挥挥手：

"你们都下去，让容嬷嬷在这儿侍候着就够了！"

"喳！"太监、宫女退下。

容嬷嬷急忙倒茶，和皇后悄悄地交换眼神，有些紧张。

乾隆看到闲杂人等都已退下，就严肃地盯着皇后，开门见山地问：

"皇后！朕今天来这里，是有一个很重要的问题要问你，希望你诚实地答复朕！"

"是！臣妾一定知无不言，言无不尽！"皇后一凛。

"那就好！如果你不诚实回答，朕也会调查！朕要问你，自从小燕子和永琪他们出走以后，你有没有派人去追杀他们？"

皇后吓得浑身一颤，容嬷嬷也跟着变色。皇后立刻喊冤：

"皇上！是谁又跟你打小报告，冤枉臣妾？臣妾每天在深宫之中，大门不出，二门不迈，就算要派人手，也派不出呀！这是绝对没有的事！不信，你问容嬷嬷！"

容嬷嬷赶紧上前，躬身说道：

"皇上圣明！只怕有人造谣生事，皇上千万不要中计！自从上次皇上交代，要娘娘守在坤宁宫少出门，娘娘就虔诚礼佛，每天心香一束，在佛堂里念经，除了去慈宁宫给老佛爷请安以外，几乎都不出门，绝对没有派人出宫的事！"

乾隆冷冷地看着容嬷嬷，再看皇后。

"你们说的都是实话？"

"千真万确！如果臣妾说谎，臣妾会五雷轰顶，死无葬身之地！"皇后说。

"皇上圣明！千真万确！千真万确……"容嬷嬷也一迭连声地说。

乾隆突然一拍桌子，大吼：

"但是，朕已经得到密报，你派人一路追杀他们，几次痛下杀手，还假传圣旨，说朕要'杀无赦'！"

皇后大惊，吓得面无人色。容嬷嬷不禁发抖了。

"冤枉啊！皇上！是谁说的？不妨让他出来对质……"

皇后一句话没说完，外面忽然传来奶娘的惊呼：

"十二阿哥！千万别进去！你皇阿玛在和皇额娘说话，不可以去打扰……"

皇后和容嬷嬷做贼心虚，一听之下，就慌慌张张，手忙脚乱地往门口跑，想阻止永璂进门，生怕永璂口没遮拦，把巴朗给供出来。

容嬷嬷把门开了一条小缝，低声喝阻：

"奶娘！快带他下去！这样大呼小叫，当心我拆了你的骨头，扒了你的皮！"

皇后也紧紧张张地扑在门上，说：

"永璂！去别的地方玩……快去快去！"

乾隆本来只是想诈一诈皇后，现在，看到两人的紧张，不禁大疑，就喊道：

"是永璂吗？让他进来！"

皇后没辙了，脸色苍白地打开房门。

永璂直奔进来，一把就抓住了乾隆的手，急急地喊：

"皇阿玛！你快救救紫薇姐姐和小燕子姐姐，不要砍她们的头了！紫薇姐姐眼睛已经瞎了，尔康哥哥挨了两刀，快死了，五阿哥也挨了一刀……"

"永璂！你从哪儿听来这些闲话？不要胡说八道了……"皇后急喊。

乾隆听了永璂这几句话，脑子里轰然一响。没料到，这个坤宁宫，早就知道紫薇瞎了、尔康永琪受伤的事！他站直了身子，紧紧地盯着皇后，大吼一声：

"你还说没有派人追杀他们？朕明白了！朕什么都明白了！怪不得他们见了人就没命地逃，怪不得伤亡惨重……皇后啊皇后！这一次，你的祸闯大了，他们几个，有任何闪失，朕要从你身上讨回来！你等着吧！紫薇瞎了，你也会跟着瞎！尔康、永琪受了多少伤，你也会跟着伤！朕等着跟你算账！"

皇后跟跄一退，脸色惨白。

容嬷嬷匍匐在地，颤声急呼：

"皇上圣明！十二阿哥还小，听来几句闲话，皇上怎能扣在娘娘身上？娘娘什么都不知道啊……"

乾隆对着容嬷嬷一踹，咬牙切齿地说：

"容嬷嬷，朕留着你的脑袋，等到找到他们，再跟你算账！你最好烧香拜佛，祈祷他们几个没事，要不然，你会死得很惨！"

乾隆说完，一拍手，大喊：

"来人呀！来人呀！"

太监、侍卫等人，一拥而入，站了黑压压一屋子。乾隆声色俱厉地喊道：

"喀什汗！马上把这个坤宁宫，给朕严密看守起来，不许任何人出去，也不许任何人进来！奶娘，把十二阿哥带到延禧宫，暂时由令妃娘娘照顾！"

"喳！奴才遵命！"侍卫大声应道。

奶娘就把吓傻了的永璂往外拉。

皇后这一下吓慌了，扑跪在地，一把抱住了永璂，放声痛哭，喊着：

"不要！不要！不要抢走永璂，他是我唯一仅有的……我什么都没有，只有一个永璂，他是我的命，是我的一切……不要带走他……皇上，我求求你！求求你……你不是说过，为了永璂，要原谅我吗……"

"朕给了你几百次机会，你完全不知悔改！永璂跟在你这样的娘身边，有什么好处？在他变得跟你一样不仁不义、心狠手辣之前，朕要救下他来！"乾隆大喊，"奶娘，还耽搁什么，带走！"

奶娘就去拉永璂。永璂蓦然明白了，死命地抱住了皇后，惨叫起来："皇额娘！皇额娘！我不要跟你分开啊……皇额娘！额娘！娘……我不要走啊……"他抬头看乾隆，哀声大喊："皇阿玛！为什么要我和皇额娘分开？我不要去令妃娘娘那儿，我要我自己的亲娘啊……"

永璂喊得惨烈，皇后抱着他，哭得泣不成声。

容嬷嬷跪在皇后身边，看到这种情形，早就泪流满面，对乾隆边哭边拜：

"皇上！娘娘就算有千般错，万般错，母爱没有错啊！"

乾隆看到哭成一团的母子，心都碎了，哑声地说：

"千般错，万般错，母爱没有错！那么，别人的孩子，就可以下杀手吗？别人的母爱，要怎么办？"

皇后匍匐在地，痛哭道：

"皇上请开恩！臣妾知罪了！皇上请开恩……"

正闹得不可开交，外面传来太监大声的通报：

"老佛爷驾到！"

原来，还是有皇后的心腹，去慈宁宫报信了。

乾隆眉头一皱，太后已经被晴儿扶着，急步走进。乾隆只好请安：

"老佛爷吉祥！"

"皇帝，又发生什么事情了？听说皇帝在坤宁宫大发脾气，我只好连忙赶来……"太后不分青红皂白，就急忙劝架，"皇帝，皇后贵为国母，你好歹也要顾念夫妻之情，不要动不动就红眉毛，绿眼睛的！怎么把永璂也弄哭了？"说着就去拉永璂："永璂，怎么啦？"

"老佛爷！"永璂哭着喊，"我不要离开皇额娘……请你帮我求求皇阿玛，让我跟着我娘，我不要去令妃娘娘那儿……"

"皇帝，"太后大惊，"你为什么要拆散他们母子？"

晴儿见永璂哭得伤心，就急忙上前求情：

"皇上，不论皇后娘娘让您怎样生气，十二阿哥还小，他没有过错！亲娘的照顾，是无法取代的！请皇上开恩，不要让十二阿哥伤心！"

乾隆看到这种局面，知道今天想处置皇后，大概是不行了。再看满脸泪痕的永璂，知道晴儿那句"亲娘的照顾，是无法取代的"，确实是真理。可恨呀可恨，上有老，下有小，如何是好？他心灰意冷，摇头一叹：

"好了！看在老佛爷面子上，看在晴儿的面子上，永璂暂时留下！老佛爷，朕什么话都懒得说了，皇后做了些什么，让她自己告诉你吧！"

乾隆调头就走，走到门口，又蓦然回头，对太后说：

"听说紫薇瞎了，尔康、永琪都受了伤，金琐死了……朕现在已经下令福伦，去把他们找到带回来！皇额娘，如果他们回来了，朕希望这个皇宫，是他们几个温暖的家，给他们治病养伤，朕对他们的所作所为，一概不追究了！希望老佛爷也慈悲为怀，不要再把他们逼走了！"

乾隆说完，调头而去。

太后和晴儿，乍然听到紫薇他们，瞎的瞎，伤的伤，死的死，都惊呆了。尤其晴儿，只觉得脑子里轰然一响，整颗心都沉进了地底。

第四章

尔康、永琪等一行人，终于到达了南阳。

抵达南阳以后，箫剑先去拜访了他的朋友贺大哥，打听南阳有没有风吹草动。然后，他把大队人马，都带到了贺家。

那个贺家，居然是个很富裕的家庭，住在南阳的东郊，房子很大，有好几进的院落。贺大哥和贺大嫂，马上拨了一座单独的院子，给大家暂住。众人穿过院子，走进房间，房门一开，是一间窗明几净、陈设简单的小厅。

"这儿是我家一个小跨院，本来就是招待客人用的，现在正好空着，各位先随便住几天，房子简陋，委屈大家了！"贺大哥诚恳地说。

"贺大哥说哪儿话，这种房子，对我们而言，已经像是天堂了！"尔康不安地说，"只是，这样打扰，我觉得非常不安。"

贺大嫂笑吟吟地看着众人，眼里闪着佩服和尊敬：

"箫剑已经把各位的故事告诉我们了！我们夫妇，对各位佩服得五体投地，感动得不得了！今天，我家能够招待到你们这样的贵客，是我们的光荣，请大家就不要客气了！何况，我们和萧剑有八拜之交，萧剑的事，就是我们的事！"

萧剑就对众人说：

"贺大哥和大嫂，是自己人，和北京的老欧、欧嫂一样，所以，在贺大哥和大嫂面前，我们不需要有秘密！关于南阳的情况，我已经摸透了！现在，南阳是一点风吹草动也没有！我想，我们不妨多打扰贺大哥一段日子，等大家休息够了，再往南走！"

"这小院跟我们的大院连着，还算隐蔽，有好几间卧房，应该够住了！"贺大哥解释着，"待会儿我让丫头把干净棉被送来！如果有任何风声，我们大院挡在前面，得到消息，你们可以从后门离去！总比住在客栈里安全！"

有了这样的小院可以住，众人都很欣慰，唯有永琪，仍然是一脸的落寞。

紫薇就抬头看着贺大嫂，感激地说：

"谢谢两位，不要再让丫头来服侍我们了，我们马车上，什么都带了，自己会照顾自己！你们越忙，我们越不安，如果要让我们安心，就不要再照顾我们了！"

贺大嫂就走了过来，一手拉了紫薇，一手拉了小燕子，稀奇地看着。

"这就是轰动一时的两位'民间格格'了！我真有幸，能够认识你们！你们的事迹，已经传遍江湖了！"

小燕子惊喜地问：

“真的吗？大家都在传说我们吗？说我们怎样？”

“说你们行侠仗义，济弱扶贫！和皇宫里的恶势力战斗，是两位英勇无比的格格！传言太多了，还有人说你们武功盖世，得到萨满法师真传，能够捉鬼除妖，撒豆成兵！”

“哈哈！”小燕子不禁得意起来，“把我们说得这么神啊！原来我也出名了！”

“经过了上断头台，劫囚车，逃狱……”尔康笑着说，“还拐走了一个阿哥，弄得整个北京城风风雨雨，劳动御林军全国追捕，这样轰轰烈烈，要想不出名大概也很难了！”

贺大哥就对永琪深深地看了一眼，说道：

“五阿哥，在下对五阿哥的豪情，佩服！佩服！”

“请不要叫我五阿哥，自从开始流浪，阿哥已是前生的事了！我姓艾，单名一个琪字。”永琪正色说。

“是！艾先生！”

贺大嫂就放开小燕子，去拉起小鸽子的手来，仔细地、怜惜地看着。

“这就是小鸽子了！”

“伯母好！”小鸽子机灵地行礼。

小燕子立刻紧张起来，看看贺大嫂，看看小鸽子。柳红和紫薇，就一边一个，把小燕子拉到窗前去。紫薇低声地说：

“这个地方，又安静，又舒服，像个世外桃源。住在这儿，真比跑江湖卖艺，有这餐没那餐的日子强多了！箫剑是个奇人，在全国各地都有‘生死之交’！对小鸽子而言，这种安排，实在太理想了！”

"如果小鸽子是我的亲妹妹，我也会把她留在这儿！"柳红跟着说，"想想看，我和你都是没家的孩子，小时候，是不是最希望的就是有个家？"

小燕子默然不语了，眼里，已经满是不舍的离愁。但是，她的心底，也不能不承认，给小鸽子找个家，找一对父母，是比带着她逃命更好，就默默地不说话了。

贺大哥和贺大嫂不再打扰大家，把茶水安排好，就离开了。几个姑娘就进卧房，开始洗掉一身的风尘。萧剑忙里忙外，还在张罗着许多事。尔康看到大家都在忙，把握时机，把永琪拉进院子，走到一座亭子里去谈话。

"永琪，我们必须谈一谈！现在，已经到了南阳了，你和萧剑之间的冷战可不可以停止了？萧剑是个很骄傲的人，你一天到晚板着脸对他，你让他心里怎么想？人家一路帮我们，真的是尽心尽力，鞠躬尽瘁！你上次对他说的话，实在太重，怎么可以说他是我们的敌人呢？"

"我知道，你们现在全部被他收服了！"永琪不是滋味地说，"他是大侠客，他是英雄，他是伟人，他是奇人……他随时随地，可以变出三教九流的朋友来，简直是呼风唤雨，无所不能！你们个个欣赏他，崇拜他！但是，我就觉得他不简单，就觉得他有底牌！他的本领越大，他的身份越是可疑，到底是敌是友，还不得而知！你不要被他的外表骗了，推心置腹的结果，可能赔了夫人又折兵！"

"哈！一句话就泄露了你的心事！说来说去，就为了小燕子！你这个醋坛子，要打翻多久呢？让我告诉你吧！上次，在山上，我去追箫剑，已经跟他摊了牌，他清清楚楚地告诉我，他对小燕子坦坦荡荡，要你不要以小人之心，度君子之腹！"

"他这么说，你也相信了？"永琪瞪着尔康。

"我相信了！他说得诚诚恳恳，让人不能不信！"

"可是，我是当事人，我的感觉比你敏锐！我看到他看小燕子的眼光，看到他对小燕子的关心，看到小燕子说话时，他会目不转睛地注视她，看到小燕子出了危险，他会情急拼命……让我告诉你，这次绝对不是我多心，箫剑对小燕子，如果不是'别有居心'，就是'情不自禁'！不论他是什么，他都是我的敌人！假若他用同样的眼光去看紫薇，我想，你早就暴跳如雷了！"

尔康想着，有些困惑了：

"我承认他确实对小燕子很好，可是，他对每个人都很好！我们不能因为他对某个人好，而去否定他！这是不公平的，就算他对小燕子'情不自禁'，他依然是我们大家的生死之交，这点，是不可否认的！"

永琪摇摇头，情绪激动地说：

"尔康！事不关己，你说得多么轻松！'生死之交'是多么重的四个字！是'生死之交'就该避嫌疑！是'生死之交'就该和朋友之妻保持距离！是'生死之交'就该站在我的立场，去想想我的处境！如果放任自己，去影响小燕子和我的感情，算什么'生死之交'……"

永琪话没说完，亭子后面，箫剑冷冷地走了出来。

"对不起！无意之间，听到你们的谈话了！"

尔康、永琪一惊。永琪立刻暴怒起来，大声说：

"生死之交就不会偷听别人的谈话！生死之交就该光明磊落！"

萧剑脸色一变，怒上眉梢，正色说：

"永琪！你不要欺人太甚！现在，你可不在皇宫里，你也不是什么阿哥，如果我不是把你当朋友，我老早就把小燕子带走了！"

此话一出，永琪勃然变色。尔康也失色了。

"你把她带走？你那么有把握，可以把她带走？"永琪就气冲冲地对尔康喊，"看吧！狐狸尾巴已经露出来了！"

"你让人不能忍耐！是非不明，黑白不分！小燕子跟了你，还有什么幸福可言？"萧剑嚷着，气势凌人，"对！我对小燕子'别有居心'！我要带走她！"

永琪一听，哪里还能忍受，扑上前去，一掌打向萧剑。

"我知道你武功盖世！就算我打不过你，今天，我也和你拼了！"

萧剑立刻应战，怒喊：

"你根本配不上小燕子，我要代小燕子教训你！"

永琪一听，更是怒发如狂，噼里啪啦打向萧剑。萧剑也噼里啪啦地应战。亭子太小，施展不开，两人就跳出了亭子，拳来脚往，打了起来。

尔康急得不得了，追到两人身边，喊着：

"这是怎么一回事？大家一起劫囚车，一起共患难，一起流浪，一起卖艺……这是多么深厚的交情，怎么会说翻脸就翻脸？停手！赶快停手！”

永琪和箫剑哪里听他的，两人打得天翻地覆，难解难分。尔康再喊：

“这里不是我们自己的家，这里是贺家呀！我们在贺家做客，打起来多么难看？永琪！箫剑！你们看在我的面子上，不许再打了！”

永琪和箫剑已经打得红了眼，什么话都听不进去了。本来，论武功，箫剑可能略胜一筹，奈何永琪势如拼命，一时之间，两人竟打了一个不分上下。永琪见不能获胜，拔出腰间的软鞭，挥向箫剑。箫剑长啸一声，取箫在手，作为武器，打向永琪。

尔康见两人武器都出手了，生怕有所闪失，一急，就再也不顾危险，飞身跃进两人之中，嘴里大喊：

“和敌人拼命，是无可奈何！跟自己人拼命，是愚不可及！”

两人正在缠斗，实在没有料到尔康会飞身跃进战场，两人收势不及，永琪的鞭子打上了尔康的脸，箫剑的箫，打上尔康的肩膀。尔康也顾不得保护自己，就飞身去夺取永琪的鞭子，又飞身去抢箫剑的箫。

永琪一个疏忽，鞭子被尔康抢走了。

箫剑哪里肯让尔康抢走箫，就一面抵抗尔康，一面追打永琪，喊着：

“尔康！你赶快退出战圈，要不然，打伤了你我不管！”

"尔康！"永琪也怒喊，"你在帮箫剑打我，是不是？鞭子，不要了！看剑！"

原来，为了随时准备抵抗追兵，大家身上都藏着好几种武器。永琪拔出腰间的剑，对箫剑攻去。尔康好着急，拼命要分开两个人，结果，变成了尔康一个打两个，打得好生狼狈。

三人正在难解难分，紫薇、小燕子、柳红被惊动了，全部从房里跑了出来。看到这种情况，全部吓呆了。紫薇惊喊：

"你们三个在打架？有没有搞错？"

"停止！停止！快停止！这是怎么一回事啊？"柳红跟着喊。

小燕子揉揉眼睛，看看这个，看看那个，不相信地说：

"你们在比武吗？三个人怎么比？要比武，应该一个对一个呀……"

正说着，永琪一剑刺向箫剑，尔康飞身来挡，剑差点刺进尔康的身体。箫剑急忙把尔康一拉，永琪的剑，就在箫剑的手腕上划下一条口子。箫剑大怒：

"永琪！你这个混蛋！你以为我打不过你吗？要拼命，是不是？那么，我拼给你看！"

箫剑就一阵猛攻，锐不可当。尔康在两人中跌跌冲冲地挡来挡去，喊道：

"箫剑！永琪！大家都是兄弟啊！"

"谁和他是兄弟？他是扯人后腿的小人！"永琪怒喊。

紫薇、小燕子、柳红都觉得情况不对了，这三个人简直是在拼命。

"不要打了！不要打了！到底是怎么了？为什么要这样？"小燕子大喊。

这时，箫剑手里的箫，已经直刺向永琪的胸口，眼看永琪就躲不过了。小燕子大急，什么都顾不得了，飞身跃进战圈之中，用身子去撞箫剑，喊道：

"箫剑！你疯了？伤了永琪，我跟你拼命！"

箫剑和永琪大惊，实在没有料到小燕子会不顾一切地冲了进来。两人的武器，几乎都招呼到小燕子身上。箫剑就急忙抽手，忘形地把小燕子一抱，飞出场外。

尔康和永琪这才站定。

永琪一看，箫剑居然抱着小燕子跳落地，这一下，气得脸红脖子粗，大叫一声：

"箫剑！你敢抱她！男女授受不亲，你懂不懂？有种，我们出去打！找一个没有人打扰的地方，打一个你死我活！"

箫剑盯着永琪，大大一叹，说：

"不打了！我如果伤了你，小燕子不会放过我！看在小燕子的面子上，我饶了你！"

"不用你饶！我今天非要跟你拼命不可！"

永琪又要冲上去，尔康死死地拉住了他。永琪大怒："尔康！你跟我过不去是不是？"一剑砍向尔康。

"尔康！小心！天啊……你们到底在干什么？"紫薇看得心惊胆战。

箫剑看到情势已经无法控制，再也熬不住了，看着众人，突然大声喊：

"听我说一句话，大家安静！"

众人不由自主地安静下来，看着他。萧剑就正色地、严肃地、语惊四座地说：

"永琪！不要再发疯了！小燕子……她是我的亲生妹妹！"

大家全部傻住了。半晌，小燕子才惊呼出声：

"萧剑！你说什么？"

萧剑看着小燕子，眼里，是深深的痛楚和抱歉，一个字一个字，清晰坚定地说：

"小燕子，你是我同父同母的妹妹！"

大家都睁大眼睛看着萧剑，人人震惊。小燕子尤其震惊，盯着他：

"你到底在说什么？"

"小燕子！"萧剑痛楚而真挚地说，"二十年来，我这个哥哥没有照顾过你，让你的生活里，充满了苦难和挣扎，我真是惭愧！"

所有的人，傻在那儿，永琪手里的剑，"哐啷"一声掉落地。

接着，大家都回到小厅里，围坐在一起，听萧剑细说根由。

"我今天要说的事，本来，很可能是一个永久的秘密！这些日子以来，我一直在要不要认小燕子的矛盾之中，如果没有永琪的胡搅蛮缠，我大概会带着我的秘密，和你们大家珍重再见！让这个谜底，永远不要揭穿！"

大家看着萧剑，个个脸上，都是震惊和不可思议。小燕子困惑地说：

"我不相信，我从小就没爹没娘，怎么会有个哥哥呢？"

"还记得'白云观'吗？"萧剑看着小燕子问。

"'白云观'，那是什么？"小燕子迷糊地问。

"你小时候，有没有被一个尼姑庵收养？"

"是啊！是有一个尼姑庵，那就是'白云观'吗？"小燕子恍然地叫。

"收养你的尼姑，叫什么名字，还记得吗？"萧剑再问。

小燕子拼命回忆：

"什么师太？"

"静慧师太？"

"对对对！就是静慧师太！"小燕子眼睛一亮。

萧剑深深地看着她，颤声地说：

"没错了！你是我的亲生妹妹！以后，不要再说你没有姓，我们姓方！你的名字，叫作'方慈'！我的名字，叫作'方严'！"

"你不是叫萧剑吗？"小燕子迷惑极了。

"我的'萧剑'，和你的'小燕子'一样，都不是真名！记得我和你第一次在会宾楼相见，我就对你说过，你姓'小'，我姓'萧'，说不定我们是本家！"

尔康恍然大悟，说：

"萧剑！原来那天在会宾楼，你是有意来接近我们的！那时，你已经知道，小燕子可能是你的妹妹！你是来找寻妹妹的！"

"不错！正是这样！"

"你不是说，你失散的是一个弟弟吗？"永琪回忆着，问。

"当时，我还不能证实，小燕子到底是不是我的妹妹，不想说得太明白，所以，就说是弟弟！事实上，我踏遍大江南北，就为了找寻这个妹妹！"

"萧剑！你赶快从头说起吧！到底这是怎样一个故事？"柳红追问着。

小燕子盯着萧剑，恍恍惚惚的，心里有些明白，有些糊涂，还有更多的惊愕。脑子里，就蓦然想起一个大问题：

"你不是说，你有'血海深仇'吗？那么，就是说，我身上也有'血海深仇'了？我们的仇人是谁？你报仇没有？"

"小燕子，你就不要打岔了，萧剑公开的这件事，对我们每个人都是一个震撼，我们很着急，想知道究竟是怎么回事。你就安静一下，让萧剑把整个事情，说说清楚吧！"紫薇急急地说，热切地看着萧剑。

萧剑环视众人，深深地吸了一口气，眼神变得深不可测了，说：

"其实，我的故事很简单。我们方家，是浙江的大户人家，世居杭州。十九年前，父亲被仇家追杀，生怕我和妹妹也难逃魔掌，仓促之中，把我交给了我的义父，带到云南去养育。我那才一岁的妹妹，就交给了姓江的奶娘，抱回北京，要交给在北京的一个世伯。谁知，在路上，奶娘生病，倒在一个尼姑庵的门口，妹妹就被尼姑庵收养了。奶娘逃回了浙江，居然不管我妹妹了！我在几年前找到奶娘，然后找到了那个收养妹妹的静慧师太，据她告诉我，她把我的妹妹养育到七岁，有一天，妹妹一个人溜出门去看花灯，从此失去了踪迹！"

众人听得入神。小燕子尤其震惊。

"那……你凭什么认为小燕子就是你妹妹呢？"紫薇追问。

"我确实没有百分之百的把握！静慧师太告诉我，妹妹非常调皮捣蛋，从小状况不断，经常溜出去玩，不爱念书。自从失踪，就再也没有见过妹妹。直到有一天，她在北京城，遇到皇上祭天，看到还珠格格在游行，觉得小燕子那浓眉大眼，宛然就是当年的小慈！"

"小慈？"小燕子喃喃地接话。

"是的，你的小名叫小慈！所以，我在北京寻寻觅觅，要找一个机会认识还珠格格！结果，打听到了会宾楼，知道有你们这样一群人物……我就去了会宾楼，下面的故事，你们都知道了！"

大家面面相觑，惊愕而震动。小燕子就急急问道：

"那么，我们的爹娘，都被仇人杀死了？"

"我们的爹，被杀死了，我们的娘，殉情了！"

小燕子就义愤填膺起来：

"是什么深仇大恨，要杀我们的爹？太可恶了！"

"是……"萧剑欲言又止，看看永琪，看看小燕子，"是江湖恩怨！说来话长！如果我们能够顺利到达云南，我的义父会把前因后果说给你听！既然是'江湖恩怨'，当然有是是非非！这中间的曲折，我也不是非常清楚！"

"怪不得你把我们一直带往云南，原来是这个原因！"尔康这才明白了。

"那……你找到仇人没有？"小燕子的一颗心都悬在报仇这件事上。

"我……找到了！"

"那你报仇没有？"

"我……已经报了！"

"那……我们的仇人是谁？你怎么报的仇？你把仇人都杀死了吗？"

"这一段，让我将来再告诉你！现在，我不想谈！"萧剑深深地看着小燕子。

"为什么不想谈？"小燕子问。

"我刚刚认了你，我一直觉得，找寻你是一件远比报仇更重要的事！我现在情绪很激动，不想谈报仇的事！对我而言，现在最重要的事，是你！你是不是快乐，你是不是幸福……这是我最关心的！你从小没有家，没有父母，没有享受到一点儿亲情，我很想弥补你！所以，我要把你带到大理，那儿山明水秀，真的是一个很美丽很美丽的地方！我深深希望，你可以在以后的人生，过一段没有风浪的岁月！"

萧剑的声音里，充满了真挚的感情。小燕子听了，眼睛就湿润起来，呆呆地看着萧剑，一种前所未有的酸楚，就把她牢牢地抓住了。她震惊地说："这么说，我不是一个孤儿了？这么说，我有一个哥哥了！我姓方，我有姓！我叫方慈,我有名字!好奇怪啊!当了这么久的孤儿,忽然发现自己有个哥哥……"她看看萧剑,又看看自己,糊涂起来:"你有没有弄错?我实在不像你的妹妹,你武功那么好,我那么烂!你会念诗,我碰到诗就完蛋……怎么会差那么远?你确定吗?我真的是你妹妹?"

"如果你确实被静慧师太收养过,那就没错了!静慧师太现在住在北京近郊的'慧心院',要不要跟我回北京,去找静慧师太证实一下?"

小燕子目不转睛地看着萧剑,终于有了真实感了。

"那么,你确实是我的哥哥了?"

"我想,我确实是!"

小燕子就做梦似的看着萧剑,嘴里轻轻地叽叽咕咕,低声地说:"我有一个哥哥……我有一个哥哥……"蓦然间,她跳起身子,大叫:"我有一个哥哥!我有一个哥哥!"跳着跳着,就拉起紫薇,又喊又叫:"紫薇,我现在有姐姐也有哥哥了!我的哥哥好了不起,他什么都好,会武功又会作诗……哇!我有哥哥了!我的哥哥居然是萧剑!萧剑居然是我的哥哥!老天啊!怎么会有这么好的事?"就跳到萧剑面前,嚷着:"萧剑,你是我哥哥,那……我不用跟你拜把子了!"

萧剑笑着,眼里却是湿漉漉的。

"你不用跟我拜把子了,我们本来就是兄妹!"

小燕子欢呼完,眼泪却滑下了面颊,突然伤心起来,哽咽地说:

"你为什么不早说?为什么还想离开我?还要我'拼命拼

命'留你!"

萧眼眼眶一热,歉然地说:

"对不起! 我被永琪气坏了,他乱吃飞醋,我有理说不清!"

永琪像做梦一样,直到现在,才把许多的困惑想明白了,他一脸的感动和尴尬,目不转睛地看着萧剑,说:

"你说啊! 为什么不说呢? 我有一句话还是对了! 你有底牌! 只是,这张底牌太出乎我的意料之外了!"

大家全部感动着,惊讶而震撼着。人人都在思前想后,回忆和萧剑认识以来的点点滴滴。紫薇恍然大悟地点着头,说:

"现在我全明白了! 小燕子和萧剑,其实有很多相像的地方! 萧剑幽默风趣,小燕子嘻嘻哈哈! 萧剑不拘小节,小燕子大而化之! 两个人都嫉恶如仇,而且爱武功! 至于文学嘛,如果小燕子有一天变成了文学家,我一定不会奇怪了!"

柳红也恍然地说道:

"怪不得萧剑这一路对小燕子那么周到,那么重视和宠爱,原来是这样! 小燕子,你有这样的哥哥,你好幸福!"

"你怎么这样沉得住气? 这么久了,居然死咬着这个秘密! 如果今天不是一场莫名其妙的打架,你还预备藏多久?"尔康盯着萧剑问。

"藏一辈子!"

"为什么?"

萧剑深深地看了尔康一眼,朗声说道:

"落地为兄弟,何必骨肉亲? 难道我们之间,不是和亲兄弟一样吗? 认又怎样? 不认,又怎样? 只要小燕子幸福,我就没有遗憾了!"

"说得也是!"尔康感动地说。

永琪到了这时,震撼之余,不禁惭愧,走上前去,伸手给箫剑。

"箫剑!许多误会,请看在我也是'情不自禁'的分儿上,多多包涵!"

箫剑重重地握住他的手,盯着他:

"我还是要告诉你,如果有一天,你对不起小燕子,我会把她带走!"

"是!我知道了!"永琪有力地回答。

小燕子看着两个紧握着手的男人,不禁眼泪一掉,唇边一笑。

第五章

这天夜里，小燕子整夜都没有睡觉。

她低着头，咬着手指，在室内走来走去。自言自语地、不停地说着：

"我不是孤零零的，我有一个哥哥，我居然有一个哥哥……萧剑，他是我的哥哥，认识他这么久，怎么也没想到，他会是我的哥哥……哈哈！我有哥哥了！哈哈……我真的有个哥哥……我怎么会有个哥哥呢……"

紫薇和柳红已经睡了，却给她吵得睡不着，两人坐起身子，看着她。只见她又说又笑，痴痴傻傻，好像着魔一样。紫薇就跳下床来，走过来拉她：

"已经半夜三更了，你再不睡觉，天都要亮了！快来睡觉吧！"

小燕子挣脱紫薇，低着头，依然兜圈子：

"我不睡！"

"你为什么不睡?"

"我有一个哥哥!"

"你有一个哥哥跟睡觉有什么关系?"

"我有一个哥哥,我不敢睡!"

"这是什么话?我真的听不懂!为什么有个哥哥,会让你不敢睡觉?"

"我有经验,太好的事根本轮不到我!"小燕子说,"如果我去睡觉,八成等到我醒过来的时候,就发现我是在做梦!我不睡,免得醒过来!"就抬头看着紫薇,傻笑着说:"紫薇,我告诉你,我虽然没爹没娘,可我有一个哥哥……"

"知道了!知道了!"柳红嚷着,"一个晚上就听你在叽咕,听得我们耳朵里都快出油了!我们跟你一样高兴,说够了,赶快上床睡觉!我跟你保证,明天早上醒来的时候,你那个哥哥还在!"

小燕子慌忙对柳红嘘道:

"嘘!不要叫!不要吵!你把神仙吵醒了,他一生气,不给我哥哥了怎么办?如果不是我在做梦,一定是神仙在做梦,他梦得糊里糊涂,就给了我一个哥哥!"

"完了!完了!这个人发疯了!"柳红一拉棉被,把自己蒙住,"你不睡,我要睡了!"

小燕子就拉住紫薇,央求地说:

"紫薇,你陪我说话!不要睡!"

"好,我陪你说话!说什么?"

"我有一个哥哥!"小燕子低低地说,又附在紫薇耳边,报告什么大秘密般，笑着悄悄再说，"我有一个哥哥耶！"

"天啊！你说一点别的吧！"

"别的？"小燕子就笑嘻嘻地说，"萧剑有一个妹妹，那个妹妹就是我！"

紫薇"砰"的一声，倒上了床，快要昏倒了。

萧剑也一夜没有睡，想了整整一夜。

第二天一早，萧剑就把小燕子带到郊外的一个山顶上，有太多的话要和她单独谈。其中最要紧的，是"报仇"的事。小燕子好激动，绕着萧剑跑来跑去，喊着：

"快告诉我爹和娘的事！告诉我每一件事！"

萧剑说了，是经过一夜仔细的思考整理出来的头绪：

"我们的爹，名叫方淮，是个文武全才，长得一表人才，诗词歌赋，样样精通！因为太杰出了，也有些恃才傲物……所以，得罪了许多人！"

"有些什么？什么才什么物？"

"有些骄傲，有些自负。"萧剑换了一种说法，"总之，我们的爹，是个了不起的人！我们的娘，更是一个好得不得了的女人！我们方家，是个书香世家，家里也有田产、房产，只是，这些田地，现在是一点也没有了！爹娘去世以后，家也败了！"

"那……我们的仇人，叫什么名字？你说，仇已经报了，是怎么报的？赶快告诉我！如果还没报完仇，我也要参加一份！"

萧剑就看着小燕子，看得深沉而郑重。看了半天，他诚挚地说：

"小燕子！自从接触了你，我在你身上发现好多美德！你不知道你有多么纯真、多么热情！你最让我感动的地方，是你的快乐！不论我们的情况多么险恶，你永远笑嘻嘻，充满了生命的活力！你的这种特点，让我觉得好珍贵！我想，就是这种特点，保护你走过了许多苦难。现在，我们相认了，我只想维持你这种可贵的天性，千万不要让它消失了！所以，不要再把思想集中在报仇这件事上面！父母去世已经十九年，我早已把那些仇恨，看得很淡很淡了。至于你，更是不必参与，所有的恩怨情仇，都让它烟消云散吧！"

"可是……那个仇人是不是已经被你杀了呢？"

"唔……我没有杀他！当我知道这个故事的时候，仇人已经不在了！死了！"

"哦！"小燕子好遗憾，"死了？太便宜他了！可是……"

"相信我，小燕子，那是一个不必须报的仇，一切都结束了，过去了！"

"可是……"

"别可是了！"萧剑打断她，"来，看看这把剑！这是我们家祖传的剑，也是我们爹用惯的剑，上面有家族的图案！"他把剑拿给小燕子看。

小燕子接过那把剑，激动着，把其他的事都忘了：

"记得我和你第一次见面，就抢了这把剑去玩，那时候，绝对没有想到，这是我爹的剑，这是我家的剑！"

"是！"萧剑充满感情地凝视她，"那天你抢了剑，我看着你，知道你很可能就是我的妹妹，心里好激动，但是，不能认你，也不敢认你！只能逗着你玩，跟你打打闹闹，听着你笑，看到你那么得意，我就好安慰！"

"原来你要逗我笑，原来从那个时候起，你就在对我好！"小燕子感动得不得了，拿着剑，反反复复地看，爱不忍释，"我家的图案，我家的剑，好漂亮的剑！"

"我们的爹，用这把剑打遍江南无敌手，我们家的剑法，也是有名的！大家称它'方家剑法'。等到我们安定下来，我再慢慢把这套剑法教给你！你的身体里，有我们方家的血液，学武一定不难！以前，你没有好好地学，学得又不得法，所以到现在还没开窍！没关系！我会纠正你，调教你！让你变成一个武功好得不得了的'女侠'！我们方家的儿女，一定都是高手！"

小燕子眼睛闪亮了，呼吸都急促起来：

"真的吗？你要教我？你会教我？"

"当然，我不教你，教谁呢？我早就下定决心，要教你了！"萧剑宠爱地说，又拿出那支箫来，递给她，"这也是我们的爹从不离身的乐器，听说，我们的爹，只要一吹箫，原野里的鸟都会飞来听！就像含香会吸引蝴蝶一样！"

小燕子摸着箫，心向往之：

"那……我也要学！"

"好！只要我们能够摆脱追兵，安定下来，我一样一样地教你！"

小燕子抚摸着箫，抚摸着剑，眼睛迷迷蒙蒙，做梦似的说:"原来,我有那么好的一个爹,我活到快二十岁了,一点都不知道!"再看萧剑,热情奔放地喊:"萧剑!你没有骗我吗?这一切,不是我在做梦吗?都是真的吗?我原来也有很好的家庭,很好的爹娘,我还有你!真的吗?真的吗?请你大声回答我,让我听听清楚!我实在不敢相信啊!"

萧剑就临风而立,大声喊道:

"小燕子!你有家有根,你是我的妹妹!"

小燕子抬起头来,但见天上,层云飞卷。她好感动,含泪看着天空。蓦然之间,伸出双臂,笑着,一手握箫,一手握剑,对着天空大喊:"爹!娘!我和哥哥终于团圆了!我们一起站在这儿,你们看到了吗?谢谢你们给我一个这么好的哥哥!我太高兴了!我太感动了!我要大叫了……"就狂喊出声:"哟嗬……我好幸福啊!我好快乐啊!我有一个哥哥!"

萧剑看着这样的小燕子,眼里,绽放着光彩,心里,做了一个决定,不论怎样,他要永远维持着小燕子的快乐!

这天,大家上街去认识认识南阳城。小燕子的快乐一直延续着,她的疯疯癫癫也一直延续着。即使大家走在熙来攘往的街道上,小燕子还是克制不住自己。她不停地在街道上奔跑,满脸的兴奋和笑。

迎面走来一个妇人,她抓住妇人,就兴奋地说:

"我告诉你,我有名有姓,还有一个哥哥!"

妇人莫名其妙地看着小燕子,小燕子已经放掉她,奔向另一个人。

"我跟你说，我不是孤零零的，我有一个哥哥！"说完，再跑向一个老妇，"我有一个哥哥！我有一个世界上最好的哥哥！"

小燕子拉住每个人，快乐地、重复地说着，好像要让全世界分享她的快乐。

紫薇、尔康、永琪、柳红、萧剑等人追了过来，紫薇就笑着去拉她。

"冷静一点！冷静一点，你这个样子，别人会以为你是疯子！"

小燕子抓住紫薇的双手，笑着绕了一个圈圈，嚷着：

"紫薇！我告诉你，我有名有姓，还有一个哥哥！"

"是！我已经听你说第三百遍了！"

"三百遍？我只说了三百遍吗？我要说一千遍、一万遍！"

"好了，好了，"柳红笑着阻止，"在房间里，你嚷嚷给我们听也就算了！现在，在大街上，你还要嚷嚷，不是太过分了吗？"

小燕子就放掉紫薇，又抓住柳红的手：

"柳红，我要告诉你……"

"你有名有姓，还有一个哥哥！"柳红打断她。

"是！就是！"小燕子大笑，奔过去抓住永琪，"永琪，我跟你说，你再也不能欺负我了！因为，我有一个哥哥！"

"是！我再也不敢欺负你！"永琪伸手摸摸她的额，"你没有发烧吧？这几天，从早到晚，你就只会说这几句话了！一直重复，你不累吗？"

"不累！不累！"小燕子一直笑着，又去拉尔康，"尔康，我要告诉你……我有一个哥哥！"

尔康看萧剑，笑着说：

"你还不赶快给她治治病，这样说个没完，不知道要说几天。"

小燕子就奔到萧剑面前，拉住他的手，拉到众人面前，介绍着：

"紫薇、尔康……我给你们介绍，这个人，他是我的哥哥！他是我亲生的哥哥耶！你们看看清楚，他，萧剑，一路上为我们拼命，帮我们做每一件事，还会逗我笑，帮我打坏人……他又会武功，又会作诗，他好伟大！他不是别人，是我的哥哥耶！"

萧剑眼眶湿润，笑着，把小燕子一搂。

"小燕子，你让我好感动，真后悔到现在才认你！早知道，认你可以带给你这么多快乐，在会宾楼的时候，就该认你了！好了，不要再说了，这样说不停，真有一点疯狂！"

小燕子就当街而立，倒退着行走，眼睛看着众人，快乐地说道：

"我有一个哥哥！我有一个哥哥！我有一个哥哥……"

小燕子退着退着，没看到后面有个推车卖水果的小贩，就撞倒了小贩，小燕子和小贩，水果和推车，全部滚落在地。大家惊喊：

"哎呀！小燕子，小心一点呀！"

众人急忙去帮忙，永琪扶起小燕子，大伙忙着捡水果，尔康拼命向小贩道歉。

"对不起，对不起！"

小燕子爬了起来，满不在乎地笑着。拉着那个小贩说：

"我不是存心撞你的，我太高兴了！因为我有一个哥哥！"

街边还有好多摊贩，有的在卖水果，有的在卖包子，有的在卖鸡蛋。大家看着这样的小燕子，都看得呆呆的，不知道小燕子得了什么怪病。小燕子一高兴，拿了三个橘子，扔上天空，表演特技似的，用双手轮流去接，嘴里，仍然在喊着：

"我有一个哥哥！我有一个哥哥！我有一个哥哥……"

特技表演很成功，她就换了包子往上扔，嘴里还在嚷着：

"我有一个哥哥，我有一个哥哥……"

小燕子扔完包子，居然去扔鸡蛋：

"我有一个哥哥！我有一个哥哥……"

那个卖鸡蛋的小贩，长得胖胖的，傻乎乎地抬着头，看小燕子表演。谁知，小燕子这次运气不好，鸡蛋噼里啪啦掉下来，小贩一看不妙，本能地一缩脑袋，鸡蛋全部砸在小贩头顶上，顿时，鸡蛋开花，蛋壳、蛋白和蛋黄流了小贩一头一脸，狼狈不堪。

小贩这才醒过来，气呼呼地大叫：

"你有一个哥哥有什么了不起？我有一头鸡蛋，怎么办？"

小燕子捧腹大笑。尔康、永琪、紫薇、柳红、箫剑等人又是着急，又是好笑。尔康急忙掏出一些铜板，递给卖橘子、包子和鸡蛋的小贩，并不住口地道歉："对不起！对不起！"

拍拍小燕子："这是我家傻妞，请原谅！"

萧剑和永琪拿出手帕，笑着给小贩擦拭。

路人和其他小贩都笑得东倒西歪。

萧剑和小燕子这段相认，带给大家莫大的喜悦，几乎人人都沉浸在欢欣里。但是，尔康是个思维非常细密的人，他仔细分析，总觉得有些隐隐的不安。不敢把自己的担忧和怀疑告诉别人，只能告诉紫薇：

"其实，萧剑的故事是不完整的。他的故事，他只说了一半，关于'报仇'那一段，他显然不愿意讲！或者，他不愿意对我们讲，他大概要单独告诉小燕子吧！毕竟，仇家是谁，是他们兄妹之间的事，和我们这些人，都没关系！可是……这件事一直让我有些不安。"

"不安？为什么？"紫薇问，"不管他们的仇家是谁，萧剑不是说，仇，已经报了吗？只要他不拉着小燕子去报仇，就没关系！"

"不知道为什么，我觉得萧剑还有秘密！"尔康沉思地说，"你想一想，对于他们家的'血海深仇'，萧剑只用了'江湖恩怨'四个字，说得太简单和含糊了！我就想不明白，什么'恩怨'会牵连到年幼的子女？让他们的父母，在仓促之中，安排儿女逃亡？一个往南送，一个往北送，当时，一定情况险恶！"

"你说得对！萧剑一定还有隐瞒！"紫薇看着尔康，"他为什么还要隐瞒呢？难道，对我们大家和小燕子，他还有不放心的地方吗？"

"依箫剑的个性，既然认了妹妹，和我们总算交心了！既然交心了，应该也没有秘密！为什么他欲言又止？好像即使对于小燕子，他也不想深谈！为什么？"

"这事真的有些奇怪！"

"我太好奇了！今晚，如果有机会，我要避开永琪、小燕子他们，找箫剑好好地谈一谈！"

这晚，有很好的月亮。

箫剑带着良好的心情，在亭子里独酌。桌上，放着酒壶和小菜，他一边喝酒，一边吹箫。正在自得其乐，尔康和紫薇联袂而来。紫薇惊叹地说：

"好美的夜色！好美的箫声，让我想起一首诗：'几回花下坐吹箫，银汉红墙入望遥，似此星辰非昨夜，为谁风露立中宵'？"

箫剑放下箫，抬头看着两人，叹服地说：

"紫薇，你满腹诗书，才气纵横，是我见过的女子之中，最有才情的了！你和尔康，真是绝配！"

紫薇脸一红，说：

"我才气纵横？那是你少见多怪了！在那个回忆城里，我就被比下去了！你不认识晴儿，那才叫作'满腹诗书，才气纵横'，那是埋在冰山下面的火种，外表'清冷孤傲'，内在'热血奔腾'！"

箫剑惊奇地说：

"哦？世间哪有这种女子？你引起我的好奇心了！晴儿，那是谁？"

"在那个回忆城里，有无数的女人，那是一个女人世界！"紫薇叹为观止地说，"上面有太后，中间有嫔妃，下面有宫女！可以说形形色色，集合了各种美丽和高贵！可是，我在回忆城里，看到最'高贵'、最'美丽'的女子，就是晴儿了！"

萧剑一副不相信的样子，说：

"说得太神了吧？世间最稀奇的两个女子，应该就是你和小燕子了！"

"那是因为你不认识晴儿！改天我把晴儿的故事说给你听！如果没有晴儿，今天就没有你和小燕子的相认，因为，我们早就死了！我和小燕子，在宫内，有个晴儿相助，在宫外，有个萧剑相助，奇怪的是，你们两个却无缘认识！"

谈起晴儿，尔康有些不自然。听到这儿，他忍不住咳了一声，提醒紫薇：

"紫薇，你是不是把话题岔得太远了！"

"看样子，你们两个是特地来找我，有话要谈？"萧剑敏感地说，看着两人。

"不错，好不容易小燕子睡着了！我们特地来找你，希望你把你的故事说完全。"紫薇就坦白地说了。

"什么意思？"萧剑一怔。

尔康盯着萧剑，认真地问：

"你的杀父之人，到底是谁？"

萧剑猛一抬头，眼光锐利地看着尔康和紫薇。

"你问得好坦白！我的仇人是谁？小燕子也一再问我同

一个问题，我都避而不答！你为什么认为，我会愿意告诉你们呢？"

"我们情如兄弟，还有什么事不可以说呢？"尔康诚恳地说，"是不是你的仇根本没有报，你不想让小燕子操心，所以不说？是不是你的仇家来头很大，你安排好了小燕子，就要去铤而走险？那么，你还是告诉我们吧！你不觉得，你把所有的问题，全部压在你一个人心里，是很沉重的吗？交朋友所为何来？相信我和紫薇吧！"

萧剑看了看尔康，再看了看紫薇，眼光闪烁着。

"坦白说，我不想谈这件事，每一个人，有属于自己内心的东西。如果你们把我当成知己，不要逼我去说，请尊重我不说的权利！"

"你不说，只有一个理由！"尔康紧紧地盯着他。

"什么理由？"

"你的这个'仇人'，可能跟我们有关系！"尔康沉吟地说。

萧剑一个惊跳，看着尔康，大笑起来。

"哈哈！哈哈！你去猜，你去想，你去编故事！我还是不想说！"他拿起酒杯，喝起酒来，嘴里念着诗，"书画琴棋诗酒花，当年件件不离它，如今五事皆更变，萧剑江山诗酒茶！"

"好诗！"尔康深深地看着他，接口，"不管是'当年'，还是'如今'，不管是七件事，还是五件事，所有的事，都那么潇洒，没有任何一个字，和'报仇'有关！"

"尔康！你好厉害！"箫剑叹服地说，"怪不得你收服了紫薇，收服了那个瞌睡龙。让我告诉你们吧！我的师父，是个得道高僧，在我学成离开师父的时候，他对我说，本想让我剃度，但是，我的尘缘未了，只好让我跋涉江湖，去完成我的人生。他知道我身上有着'血海深仇'，曾经对我说，人生最珍贵的两个字，是'饶恕'！并且，要我对他发誓，绝不伤人性命！我发了誓。所以，那个'仇恨'，压在我心底，尽管沉重，却从来不是我生命的主题！"

听了这一番话，尔康和紫薇都松了一口气。尔康就重重地拍着箫剑的肩说：

"好！既然那不是你生命的主题，相信也不会成为小燕子生命的主题！"

箫剑这才明白，尔康和紫薇担心的是小燕子，脸色就柔和起来。

"放心，她那么快乐，那么开朗，如果我把她变成一个满心仇恨的人，我们的爹娘，在九泉下都不会安心，不会原谅我的！"

紫薇看看尔康，放心地说：

"那么，我们还担心什么呢？尊重箫剑的权利吧！"

尔康点头，却仍然沉思地看着箫剑。箫剑就拿起他的箫，继续吹奏起来。

尔康和紫薇，彼此一看，携手进房去了。

这天一早，小燕子就拿了一个大铜锣，对着还在熟睡的紫薇、柳红，一阵敲打。

"起床！起床！太阳晒到屁股了！大家该开工了！"

柳红和紫薇，被吓得跳了起来。紫薇惊慌地四面张望：

"怎么？怎么？是不是追兵到了？要上路了吗？"

小燕子心情太好了，笑嘻嘻地嚷：

"不是！不是！是要'开工'了！"

"开什么工？"

"你们大家想一想，我们的钱已经全部用完了，最后的一点钱也买了柿子用掉了！现在贺家管我们吃，管我们住，但是，我们要用钱，总不好意思也跟人家伸手吧！所以，从今天起，大家上街卖艺，赚钱去！"

"小燕子说得有理！我们应该赚钱去，免得上路的时候，大家身上一点钱都没有！"柳红说完四面找寻，"小鸽子呢？要不要带她去？"

"她呀！昨晚跟贺大嫂一起睡的！现在，跟贺大嫂可好了，亲热得不得了！我们不要再带她卖艺，让她熟悉家庭生活吧！"紫薇说。

"我好不容易认个妹妹，就给你们大家送人了！"小燕子撅了撅嘴，想想，又笑了，"但是，我有哥哥了，老天还是很公平的！算了，小鸽子就给了贺家吧！我现在要去吵那些大男人了……"就敲着锣，一路嚷了出去："起床了！起床了……太阳都晒到屁股了！开工了……"

于是，大家又去南阳的街头卖艺。但是，这天却根本没有做成生意。原来，大家到了街上，就发现很多人都往城东跑，个个兴高采烈的样子。小燕子一看，直觉又有好戏了，拉着路人问东问西。路人看看他们，热心地说：

"你们今天在这儿卖艺，是赚不到钱的啦！所有的人，都去前面广场了！今儿个，咱们南阳城有场'喝酒应考比赛'，是这儿的财主孟大人举办的！赢的人可以得到好多钱，大家都赶过去参加盛会了，没有人会来看你们耍把式！"

"什么比赛？什么比赛？赢的人真的有钱拿吗？"小燕子兴奋起来。

"喝酒比赛？赢了可以拿钱？"萧剑也兴奋起来，"那可比卖艺还容易！喝酒可难不倒我！"

"不是喝酒比赛，是文采比赛！"路人说，"咱们孟大人是个雅人，出了很多题目考大家！要赢钱没有那么简单，还要作对子，联句，作诗，猜谜语什么的，难得不得了！"

尔康、紫薇、永琪互看。尔康大感兴趣，说：

"作对子，联句，猜谜，喝酒……怎么有这样风雅的节目？这作诗作对的玩意儿，大概还难不倒我们吧？"

永琪也跃跃欲试了：

"我们不去，谁去？"

结果，大家都去东城，参加那个"聚贤大会"。

到了那儿，早已人山人海。只见广场上，搭着一个临时戏台。插了许多大旗，上面写着"聚贤大会"四个字。孟大人约五十岁，恂恂儒雅，坐在正中。旁边还坐着几个白发老者，个个都面带笑容。两边有许多长桌子，上面放着酒坛酒壶和大酒杯。许多打扮得很靓丽的丫头，正用酒壶把酒杯斟满。

人群熙熙攘攘，笑语喧哗，把整个广场挤得水泄不通。

小燕子一马当先，和尔康、永琪、柳红、紫薇、箫剑挤到人群前面。

一阵敲锣之声后，大家安静下来，孟大人就伸出双手抱拳说道：

"今天，又是我们一年一度的'聚贤大会'！我们以文会友，我已经提出五十两银子，作为今天的奖金，只要裁判判定最后的赢家，就可以赢得这五十两银子，参加的人，要抢答我的题目！答不出题目或是答错的人，要罚酒一大杯！希望大家踊跃抢答！"

群众鼓掌的鼓掌，欢呼的欢呼，场面好生热闹。

尔康忍不住抬头问：

"请问，是一个人单独参加，还是可以由一队人参加？"

"单独参加也可！一队人或一家人参加也可！"孟大人笑吟吟地说。

这时，已有好几队老手，站出行列。

"我们是'摘月队'！"

"我们是'和风队'！"

"我们是'浩瀚队'！"

"我们是'文采队'！"

小燕子早已按捺不住，又笑又跳地嚷道：

"我们是一家人，我们组成一队，就叫'稳赢不输队'！"

众人大哗，不以为然地看着说大话的小燕子，不服气地指指点点。

尔康、永琪、紫薇都又好笑又好气地去拉小燕子。

"你这是什么名字吗？你听听别人的名字多雅！"永琪说。

"那……我们就叫作'燕子队'！"

"我看，我们叫作'紫燕队'吧！"尔康看看紫薇，看看小燕子，说，"为了我们这个队伍里的两个灵魂人物！怎样？"

"好极了！就是'紫燕队'！反正，我负责喝酒！"箫剑急忙附议。

"答题我可不行，我负责什么？"柳红问。

"你负责看住小燕子，让她'少开金口'！"紫薇笑着说。

"不要小看我好不好？"小燕子噘着嘴，"说不定那些题目我也会，如果不会，反正有你们这些聪明人来抢答，我帮箫剑喝酒，总可以吧！"

大家正说着，锣声铿地一响，孟大人已经拿出第一个题目，朗声说道：

"好了！我们的第一个题目很简单，是要大家跟着我说一个四个字的成语，第一个字和第三个字要和我的成语相同！但是，不雅和不吉利的成语不能用！不是成语当然更不行！我的题目是'千言万语'！"

孟大人话声甫落，尔康已经挺身而出，高声答道：

"千呼万唤！"

孟大人再说：

"千思万想！"

永琪急忙抢答：

"千恩万谢！"

"千头万绪！"孟大人再说。

小燕子冲口而出，大叫：

"千刀万剐！"

众人一阵哗然。评判起身，宣布：

"紫燕队罚酒罚酒！不吉的句子不能说！"

"唉！我忘记捂她的嘴了！"柳红好抱歉。

丫头捧来大酒杯，箫剑一怔。

"哇！这么大一杯呀！"

"罚酒！罚酒！喝！喝！喝……"围观群众如疯如狂地
叫着。

箫剑只得捧着杯子，一口气喝干。群众立即报以热烈
掌声。

这样一耽误，和风队已经抢答：

"千真万确！"

"好！"孟大人再出题，"千奇万状！"

尔康生怕再被人抢去，急忙抢答：

"千军万马！"

"千山万水！"孟大人再说。

小燕子又忍不住了，嚷着说：

"这个可多了！千牛万羊，千猪万狗，千鸡万鸭……"

柳红急忙捂住小燕子的嘴。小燕子兀自"呜呜呜呜"地
还想说话。

"罚酒罚酒！紫燕队罚酒！"评判喊着。

紫薇、永琪等人，瞪小燕子的瞪小燕子，打小燕子的打

小燕子。

大酒杯又捧了过来，箫剑苦着脸，再喝了一杯。

"千岩万壑！"孟大人的题目又来了。

"千挑万选！"永琪连忙喊。

"千辛千苦！"孟大人再说。

"千红万紫！"永琪再答。

"千变万化！"孟大人说。

"千秋万岁！"尔康立即接口。

群众见永琪和尔康接得利落，又是吉祥话，大家鼓起掌来，齐声叫好。

紫薇不禁与有荣焉，小燕子虽然弄得箫剑罚了酒，仍然得意洋洋。

孟大人突然换了题目：

"三心二意！"

群众都大大地一愣。尔康已经机智地回答：

"三言两语！"

"天荒地老！"孟大人再出题。

"天长地久！"永琪接得迅速。

"披星戴月！"孟大人喊。

小燕子再度冲口而出，大叫：

"披麻戴孝！"

群众大哗。一片"罚酒"声，酒杯又送到箫剑面前。

"罚酒罚酒！紫燕队再罚酒一杯！"评判喊着。

"你不要开口呀，没有人怪你的！"箫剑忍不住对小燕子说，"这样大杯的酒，再几杯下肚，你们得抬着我出去！"

"我都来不及捂住你的嘴！"柳红瞪着小燕子，"平常要你说成语，你都说不出，怎么这会儿说个不停？"

"好了！好了，我不说就是了！"小燕子自己把嘴巴紧紧地捂住。

萧剑捧着酒杯，咕嘟咕嘟喝着酒。群众起哄笑着，又是鼓掌又是叫。

孟大人举手说："成语告一段落，紫燕队虽然答得多，罚得也多！暂时不计算！下面，我要出对子！请各位抢答！"就朗声说道："我的上联是'新月如弓，残月如弓，上弦弓，下弦弓'。请抢答！"

群众全部傻了，大家议论纷纷，你看我，我看你。没人能答。紫薇就往前一步，朗声说道："我试对一下。"就念道："朝霞似锦，暮霞似锦，东川锦，西川锦！"

孟大人脱口惊呼道："姑娘好才华！我再出一联。"念道："天上月圆，人间月半，月月月圆逢月半！"

群众立刻交头接耳，商量来商量去，又没人能对。

紫薇略一沉吟，微笑着从容说道：

"除夕年尾，新春年头，年年年尾接年头！"

众人哄然叫好，掌声雷动。尔康好骄傲地看着紫薇。

"姑娘对得太好了！"孟大人惊喜地说，"我这儿还有一联，请姑娘对一对！"就念："一去一回，一回一去，去去回回，一去不回！"

群众也不抢答了，全部转头看着紫薇。紫薇想想，一笑，应道：

"重来重往，重往重来，来来往往，重来难往！"

"好好好！"孟大人大笑，"真是才女呀！我再出一对！"念道："花园里，桃花香，荷花香，桂花香，花香花香花花香！"

紫薇回头看尔康，大家讨论。小燕子不知想到什么，捂住嘴巴的手放下来了，笑了起来。越笑越大声，说："作对子有什么难，我也学过好一阵，这个我也会对！就是……嘻嘻……哈哈……嘿嘿……呵呵……"笑得前俯后仰的。

"什么嘻嘻哈哈？这个好难，你还是少开尊口，免得我又要罚酒！"箫剑说。

孟大人已经被紫薇和小燕子这两个姑娘引起了兴趣，笑看小燕子说：

"姑娘但说无妨！"

"那我就说了！"小燕子就忍着笑，大声说道，"大街上，人屎臭，猪屎臭，狗屎臭，屎臭屎臭屎屎臭！"

群众一听，哪儿还忍得住，个个放声大笑了。鼓掌的鼓掌，叫好的叫好，人人笑得前俯后仰。场面一片混乱。

紫薇笑着去捶小燕子，柳红笑得弯了腰。永琪、箫剑、尔康全部忍俊不禁。

孟大人和众评判也笑起来，不知是该罚还是该赏。

就在这一片笑声中，忽然有人大叫起来：

"那是还珠格格和明珠格格！我认得她们！她们就是那两位'民间格格'！"

尔康、永琪大惊，紫薇和小燕子也呆住了，柳红和萧剑更是紧张。

孟大人急忙看过来，众评判全部站起身来，惊看尔康等人。孟大人就惊喜地喊：

"难道是两位格格大驾光临？"

这一喊，群众就如疯如狂了，大吼大叫起来：

"是她们！是她们！还珠格格和明珠格格！格格千岁千岁千千岁！"

还有许多群众，对小燕子和紫薇等人跪拜在地，狂喊着：

"格格好聪明！格格好才华！两位格格不愧是民间格格呀！"

孟大人惊喜地看着永琪和尔康，走下台来。

"难道两位就是五阿……"孟大人眼珠一转，机警地咽住，敬佩地喊道，"几位是'真人不露相'啊！我们有眼不识泰山，真是得罪了！"

萧剑四面张望，低声说：

"不好！行迹暴露了，大家快走！"

尔康急看孟大人，说：

"什么'真人不露相'？我们不是真人，大家认错人了！"就匆匆地一抱拳说，"我等告辞！"

尔康给紫薇等人使了一个眼色，大家转身就走。永琪拉住小燕子，柳红抱着卖艺的家伙，六人就匆匆忙忙地穿过人群，急步而去了。

群众在他们身后，依然拜倒，敬佩地喊着：

"两位格格保重！几位英雄保重！"

尔康带着众人奔出人群，叹了口气：

"这下好了！我们又该上路了！怎么会被认出来呢？"

第
六
章

大包小包的行李往桌上一放。

小鸽子依依不舍地拉着小燕子的手，不相信地说：

"你们真的要走了吗？为什么这么快呢？不是说，要在南阳住一段时间吗？"

尔康、紫薇、柳红、永琪、箫剑，大家都在收拾行装。贺大哥和贺大嫂拿了大包小包的衣服棉被，也在帮忙打包。贺大哥惋惜地说：

"本来希望你们可以在这儿住上几个月，没想到这么快，就被大家认出来了！我看，这一路，都要小心了！"

"问题还是出在那些画像上，前一阵，官府都收到了画像，也向老百姓查问过。可是，这一阵已经平静下来了！没想到，还是有人认得！"贺大嫂说着，把一个钱袋，放在箫剑手中，"这儿，是一点儿盘缠，你们收着，在路上一定要用钱！"

"唉！已经收了你们的棉被、衣服、干粮，再收钱，实在太过意不去了，这样不好……"永琪好不安。

萧剑已经大大方方把钱袋往怀里一揣，笑着说：

"这是一片好意，不能不收！何况，我们已经'山也秃了，水也干了'！如果是锦上添花，我就拒绝了，是雪中送炭，只好收了！毕竟，有这么多人要吃饭！谢了！大哥大嫂！"

尔康一笑，说：

"本来，今天大家还想出去赚点钱，或者赢得那五十两银子，没想到，钱没有到手，把行迹也暴露了！"

"就是太爱表现了，不要抢答就没事了！"紫薇有些后悔。

"那怎么忍得住？紫薇，你那几个对子，真是让我心服口服啊！"尔康说。

"你和五阿哥，才让人服气呢！"紫薇笑着说。

"哈哈！我最服气的还是小燕子，她怎么就会想出那么多'歪招'来呢？"萧剑越想越好笑，"最后那个对子，真是对得好极了！花对屎，香对臭，花园对大街……妙透了，亏她想得出来！"

"哈！你这个妹妹的句子，你才领教了百分之一！"永琪对萧剑说，"我把它收到'还珠语录'里，有几百种稀奇古怪的词！这次的'绝对'，一定要大大地记一笔！"

大家谈论着，小燕子却拉着小鸽子在那儿叽叽咕咕，诉不尽的离愁。

"听着！小鸽子，你可要听话，要乖！还要好好念书！小燕子姐姐就是书没念好，吃了好多亏！在那个回忆城里，给人家瞧不起！你给我争口气，听到吗？"

"是！听到了！我一定好好念书！"小鸽子应着。

"君子一言，八马难追！再加九个香炉！"小燕子郑重地说。

"这句子挺新鲜！九个香炉是什么东西？"萧剑纳闷地问。

"那是有'典故'的，将来再说给你听！"永琪说，"小燕子的成语，真是'无奇不有'！你知道小燕子怎么解释'三十而立'吗？那是'三十个人排排站'！"

"哦？"萧剑大乐，兴致盎然，"那'四十而不惑'呢？"

小燕子听了，抬起头来，睁大眼睛嚷：

"还有'四十个人不和'呀？那不是吵翻天了？"

众人大笑。尔康就问小燕子：

"那'五十而知天命'呢？"

"'五十个儿子'怎么样？什么'天命地命'？"小燕子愣了愣，嚷着，"有人生了五十个'儿子'，他不是'天命地命'，他是'皇帝命'！要好多老婆才做得到！"

大家全部大笑，虽然正准备逃亡，大家的兴致都好得不得了。

就在这时，丫头前来打门，问道：

"太太，有两个人说是要找福大爷，是不是可以带过来？"

大家神色一凛，全部紧张起来。尔康就奔了出去。

"我看看去！你们提高警觉！"

尔康去了，大家面面相觑，不说笑话了，加紧收拾行李。

然后，大家就听到尔康欢呼的声音：

"紫薇！你看看是谁？"

大家放眼看去，只见金琐和柳青风尘仆仆地联袂而来。紫薇大叫：

"金琐！"

"小姐！"金琐也大叫。

两人奔向彼此，迅速地抱在一起了。紫薇一迭连声地喊：

"金琐，金琐，金琐！我想死你了！"

"我还不是！"金琐说，"你们留的记号好难找，我们找来找去，弯弯曲曲，一下子往前，一下子往后，跑洛阳就跑了好几次！"

"差一点我们就放弃了！预备直奔云南去了！"柳青跟着说。

"你不知道，我们这一路，真是一言难尽！"紫薇就推开金琐，看着她，"你的脚怎样？完全好了吗？给我看看，走路还会不会痛？"

"一点都不痛了，柳青……他好会治，都给我治好了！"金琐有点吞吞吐吐，脸孔涨红了，娇羞起来。

紫薇看看金琐，看看柳青，看到两人都神色闪烁，就笑嘻嘻地问：

"柳青！你是不是有一句话要问我？"

柳青顿时涨红了脸，期期艾艾起来：

"嘿嘿！哈哈！"

"这个'嘿嘿，哈哈'是什么意思？"紫薇笑着追问。

柳青开始顾左右而言他：

"你们怎么回事？我们今天进了南阳城，从东区走到西区，一路上听到人家都在说，还珠格格和明珠格格真是才华盖世……听说，你们大家又表演了一幕什么？好像很精彩，赶快说给我们听听！"

小燕子立刻得意起来，嚷着："不过是接成语，作对子而已，那有什么了不起？"她忽然想了起来，把箫剑拉到两人面前："金琐！柳青！我有一个大消息要告诉你们！我有名有姓，还有一个哥哥！我给你们介绍，这是我哥哥！他真的是我哥哥耶！"

柳青和金琐愕然地睁大眼睛。柳青说：

"我懂了！你们结拜了！恭喜恭喜！"

"不是结拜，是真的哥哥耶！亲生的哥哥耶！"小燕子喊。

"糟糕！她这一开始，又要说不停了！"永琪摇头。

小燕子又想起来，抓过小鸽子来介绍：

"还有她！这是我的妹妹，小鸽子！"

金琐和柳青有些眼花缭乱了，金琐纳闷地说：

"好像我们错过很多好戏了！"

"可不是！"紫薇喊着，"差一点，我就'看不见'你们了呢！现在，还能'看到'你们两个，实在太好太好了！但是，你们两个的'好戏'，到底要不要告诉我啊？柳青，你到底有没有话要跟我说？"

"有有有！说说说！"柳青赶紧应着，拼命抓着脑袋。

大家都眼睁睁地瞪着他，等他说。柳青抓了半天脑袋，看着大家，问：

"有没有东西可以吃？"

众人一听，差点昏倒。柳红就抓起一件衣服去打他，骂着说：

"这个二愣子，快要气死我了！那天，他问金琐，要不要嫁他，问了八百遍，把吃喝拉睡全部问光了，还没问到主题！最后，还是我帮他问的！"

"哎哎！"柳青急喊，"你怎么都给我说出来了？"

所有的人都乐了，大家忍不住大笑起来。

就在这一片喜悦中，丫头又匆匆跑来，喊着：

"太太！不好了！有很多人，在我们这个院子外面看来看去！好像准备把我们的院子包围起来！"

大家立刻抓起大包小包。贺大哥急喊：

"大家跟我来！快走！不能耽误了！"

于是，大家跟着贺大哥，匆匆地跑向后门，马车早已在那儿等着，众人七手八脚，把大包小包放进车。尔康急促地说：

"大家上车吧！我和箫剑驾车，你们通通上去！"

众人正要上车，忽然之间，一排便衣侍卫，从隐蔽处全部现身，整齐地行礼：

"五阿哥吉祥！还珠格格吉祥！紫薇格格吉祥！福大爷吉祥……"

众人大惊，尔康、永琪、箫剑、柳红、柳青，全部"丁零咣啷"抽出武器。

"既然认得我们，赶快退开！不要逼我们动手！"尔康大喊。

那些侍卫直挺挺地站着，没有反抗，也没有亮武器，一副等待被杀的样子。

"我们的主子要见福大爷！"一个侍卫恭恭敬敬地说。

"你们的主子是谁？"尔康一愣。

只听到一个声音，激动地喊道：

"尔康！快把武器放下！不要伤了自己人！"

尔康大震，抬头一看，只见福伦急急走来。尔康手中的武器砰然落地，惊喊：

"阿玛！怎么是你？"

全体的人，都惊愕地站住了。福伦看着大家，悲喜交集地喊道：

"总算找到你们了！尔康，你的伤势怎样？快给我看看！还有紫薇，你的眼睛治好了吗？"

尔康拉着紫薇，双双跪倒。两人抬头看着福伦，恍如隔世，痛喊着：

"阿玛！"

福伦含泪看看尔康和紫薇，看到尔康健全，又看到紫薇眼睛明亮，心里的大石头就落了地，说不出有多么安慰。他抬头再看大家：

"我们有地方可以谈话吗？紫薇，尔康，小燕子，五阿哥！我要和你们四个好好地谈一谈！"

贺大哥慌忙点头：

"有有有！大家回到屋里去吧！"

片刻以后，福伦和四个年轻人，就聚集在小厅里，谈着最知心的话。

　　"什么？皇阿玛已经原谅我们了，不要我们的脑袋了？真的吗？会不会要把我们骗回去，故意这么说！等到捉回了我们，再来砍我们的头？"小燕子不相信地惊喊。

　　"不会的！小燕子，你连我都不相信吗？"福伦诚挚地说，"皇上亲口对我说，他不再怪你们了，香妃的事，已经过去，他也不追究了！听说你们伤的伤，瞎的瞎，他着急得不得了！要我告诉紫薇，宫里太医成群，一定会把你治好！"他看看紫薇，看看尔康："我连太医都带来了！谢谢天，你们都好了，真把我吓坏了！"

　　"阿玛！真对不起，总是让你们担惊害怕……"紫薇抱歉极了，"没想到我们受伤生病的事，也会传回宫里！总算，大家都有惊无险，逢凶化吉了！"

　　"太好了！太好了！"福伦一迭连声地说，"我以为金琐掉悬崖摔死了，刚刚看到她也是好好的，你们真是大难不死，个个都吉人天相，我太感恩了！现在，苦难都过去了！五阿哥，尔康！皇上还是对你们好得不得了，再三说，你们依然是他心爱的儿子和臣子！至于紫薇和小燕子，皇上说，漱芳斋一直为你们空着，等你们回家！"

　　紫薇、尔康、小燕子、永琪听得震惊极了。大家你看我，我看你，恍然如梦。

　　"皇上原谅我们了？含香的事，他不追究了？"尔康怀疑地问。

"是！劫囚的事，他也不追究了！他说，这整个事件，他把它看成一个'家庭事件'，如今事过境迁，家和万事兴！他非常非常想念你们，要你们赶快回去！"

永琪一听，眼眶就潮湿了，吐出一口长气来：

"他不愧是我所崇拜的皇阿玛！我就知道，他是一个'仁君'，也是一个慈父！他想明白了，终于想明白了。"

"可是，追杀我们的人，口口声声说，皇上要取我们的首级，杀无赦！对我们痛下杀手，这才弄得我们遍体鳞伤……"尔康很困惑，眼珠一转，恍然大悟，"我们中计了！我真笨！李大人虽用了渔网，虽然逼得紫薇摔落马车，金琐掉悬崖，可是，他们只是分散我们，目的是要活捉我们，并没有要取我们的性命！在洛阳城外，对我们下杀手的人，大概不是皇阿玛的人！"

"你说对了！"永琪想想，也想起来了，"我一直觉得那个身材高高的杀手，有些面熟！好像在哪儿见过……"

"那个太监！"尔康眼睛一亮，看着永琪说，"他曾经穿着太监的服装，在漱芳斋外面偷偷摸摸，还和我们打了一架！记得吗？"

"啊……我想起来了，那个'小贼'！"小燕子惊叫，"就是他！就是他！那……他是谁的人呢？"

"那就可想而知了！宫里，我们大家都有个共同的敌人！"尔康说。

"这么说，皇阿玛从来没有派人'杀'我们？"紫薇迷惑着。

"你们四个不要再怀疑皇上了，那对他是一种侮辱！"福伦接口，"让我再告诉你们一个内幕吧！令妃娘娘告诉了我，她问过皇上，把紫薇和小燕子送上断头台那天，假若没有发生劫囚车的事，紫薇和小燕子是不是死定了？皇上说，那天傅恒已经带了金牌令箭到法场，预备在最后关头，救下两个格格！后来，我问了傅恒，证明确有其事！所以，皇上虽然是气大了，并没有要置你们于死地！"

小燕子和紫薇听了，好震惊，两人互看。紫薇就感动地一叹：

"我明白了！我没有看错他，他是一个英明的皇帝！在他的内心，和我们每一个人都一样，有着最柔软的地方！"

"这么说，我们不用再逃了！我们这种'亡命'的生活，可以结束了！"永琪说。

"正是！你们大家赶快收拾收拾，跟我回宫吧！"福伦热烈地喊。

紫薇蓦然一惊，抬头看尔康。尔康也正深思地看着她。两人眼光一接，在电光石火间，已经交换了千言万语。

小燕子和永琪，也彼此互看着。两对年轻的小儿女，就这样凝神片刻。大家立刻心念相通，想法一致。尔康就真挚地对福伦说：

"阿玛！我可不可以和紫薇研究一下，再答复你，我们还要不要回宫？"

福伦大震，一惊而起，变色说：

"你这话是什么意思？难道皇上已经赦免了你们，你们还不想回去吗?"

尔康对福伦恭敬而诚恳地说:

"阿玛!请想一想,紫薇在宫里灾难重重,每天都活在危机之中!回宫去,会不会又进入一个恶性循环,再度掉进苦海里去!如果让我们飘然远去,会不会反而是我们的幸福?"

"我也要那个飘啊飘,远啊远!"小燕子立刻接口,急急地喊,"在那个回忆城里,我不会成语,不会规矩,不会念诗,不会这个,不会那个……可是,在外面,我活得很好,只要皇阿玛不追杀我们,我就快乐得像老鼠一样!何况,我现在又有哥哥了,我也不要回去!"

福伦愕然,不禁看向紫薇:

"紫薇,你怎么说?"

"阿玛,尔康说了我心里的话!"紫薇坦白地说,"我还有一件心事,当我的舅公、舅婆出现的那天,皇阿玛亲口对我说,要我不要再叫他'皇阿玛'!说他不是我的'皇阿玛'!这件事,对我伤害至深,我实在不能忘记!再回皇宫,我不知道要用什么身份去面对皇上!"

福伦太意外了,再看永琪:

"五阿哥,你又怎么说?"

永琪看看小燕子:

"我和小燕子共进退!当我劫囚车那天起,我就决定,为小燕子抛弃荣华富贵,跟她海角天涯!"

福伦震动至极地看着两对年轻人。

"这件事太严重了!答应我,你们再好好地研究一下!你们有你们的立场，但是，你们却辜负了皇上的一片爱心！你们忍心吗？再说……"就看尔康，开始施行"父亲"的压力了，"尔康，你不只有皇上，你还有父母啊！"

尔康一惊，紫薇一惊。

"阿玛，请你给我们一点时间，让我们彼此谈一谈再说！"

尔康就拉着紫薇，退到卧室里。永琪也拉着小燕子，退到另一间卧室里。

福伦只能耐心地在厅里等待，心里七上八下。

进了卧房，紫薇就握住尔康的手，深深地看进他眼睛深处去。

"尔康，谢谢你那么了解我，那么体贴我！你知道我的感觉、我的想法、我的意愿，也考虑到我再回去的处境！你实在对我太好太好。可是，阿玛那句话太重了！你不只有皇上，还有父母！想当初，我为你倾倒的一个大原因就是，你忠孝能两全！今天，要你为了我，做个不忠不孝的人，我就罪孽深重了！"

"那么，你的意思是，我们回去？再去面对皇上，面对皇后，面对太后……面对宫里的倾轧斗争，那种日子，你不害怕吗？"尔康凝视她。

"我怕！所以我不想回去了！"

"你不回去，那就表示我也不会回去了！"尔康正色地说。

"可是……这样，我会充满了犯罪感，觉得对不起你的阿玛和额娘！以前，我们被迫离开他们，那是因为皇上要砍我的脑袋，事关生死！现在危机已经消失了，你依然和我浪迹天涯，我怎么说得过去？"

尔康握紧了紫薇的手，一往情深，义无反顾地说：

"紫薇！让我告诉你！我们以前，就是想得太多，忠孝节义，所有的思想，全在我们的脑海里膨胀，使我们几乎赔上了我们的性命！现在，我好想自私一次，把那些思想通通抛开，什么都不要了，那些士大夫的观念，那些道义责任什么的……都不要了，我们去大理！听说那儿是一个世外桃源，家家有水，户户有花……我们去建造我们的天堂！让皇上、皇宫、皇后、太后……这些，都成为记忆吧！我真的不想要了，只想要你！"

紫薇听得好感动，投进了他的怀里。

"尔康，你勾出的那一幅图画，实在太美了！"她想了想，就决定了，"好！我不再矛盾了！我也要自私一次！那个回忆城，本来就不属于我！皇阿玛已经否决了我娘，我跟他没有关系了！可是，我们怎么对得起你的阿玛、额娘呢？"

"放心！他们会理解的！他们没有失去我们，是不是？我会跟他们解释的，我会说服他们的！"

紫薇看着尔康，看得深深切切，轻轻地说：

"那……就这么决定了，我们继续往南走！去大理，建造我们的天堂！"

尔康把她紧紧一抱：

"是！就这么决定了！"

小燕子和永琪，也在卧房里讨论着。小燕子在房间里走来走去，激动地说：

"永琪！你一定要跟我站在一边，不能回头了！那个回忆城跟我的八字不合，像个大监牢！我一天到晚，不是被打，就是被关！要不然就是下跪磕头，还不许我用'跪得容易'！我现在只要想到回去，又要过那种规规矩矩的生活，就浑身发毛，我不要回去！我们还是向南走，好不好？何况，萧剑还要教我家传的剑法！我刚认了一个哥哥，不想跟他分开！"

永琪沉吟着，心里是相当矛盾的。但是，小燕子说的，句句都是事实。想到太后下令的"三个月"，想到"暗室""监牢""板子"和种种，他实在不忍心再把小燕子陷进那个牢笼里去。叹了一口气，他说：

"皇阿玛已经原谅了我们，口口声声要我们'回家'，在这种情形下，我还跟你'出走'，似乎有些说不过去！但是，人生的事，有因才有果，有你才有我！小燕子，你答应我一件事，我就跟你走！"

"我知道是什么事……我答应你就是了！"小燕子爽气地说。

"是什么？"

小燕子一本正经地说：

"我答应你，以后再也不偷柿子了！"

"不是这个！"

"不是这个？是哪个？"

"以后，不管怎么生气，再也不可以说要和我'绝交''分手'这种话！"

小燕子看着他，认真地回答：

"好！君子一言，八马难追！再加九个香炉！"

"那么……我决定了，今生今世，你在哪儿，我在哪儿！"

小燕子一喜，高兴地把永琪一抱，激动地喊："永琪！你真好！你真好！我以后再也不用柿子砸你了，不用石头扔你了！我还要为你学成语，念唐诗！"就念道："前不见古人，后不见来者，念天地之悠悠，舍皇宫而天下！"

永琪惊愕地看着她。

"有一天，如果你成为文学家，我真的不会奇怪了！"

两对年轻人开完了会，就走出卧房，郑重地在福伦面前一站。尔康诚挚地说：

"阿玛，我代表我们四个，把我们研究的结果、考虑的结果，告诉您！希望您体会我们经过这么多狂风暴雨之后的心情。我们在这次的逃亡里，几乎个个受伤，紫薇失明的时候，我们大家都差点崩溃了！现在，虽然得到皇上原谅我们的消息，我们依然胆战心惊，痛定思痛，我们不想再冒险了，不想再虐待自己了！那个皇宫，让我们提心吊胆！我们再回去，未免太辜负上苍让我们存活的美意！阿玛，伴君如伴虎！你，让我们活得潇洒一点吧，宠我们一下吧，好吗？"

福伦看着四个人，深深一叹。

"你们决定了？"

"我们决定了！不再犹豫了！"永琪说。

"紫薇，你也决定了？"

紫薇对福伦一跪。

"阿玛，对不起，请你成全！"

"福大人！请你转告皇阿玛，他虽然原谅了我，我还是很气！"小燕子说，"我早就告诉过他，我是那种天生会犯错的人，明知是滔天大祸，还是会去犯！下次，我不知道又会犯什么错，他不会每次都原谅我！总有一天，我会保不住自己的脑袋！那个皇宫，我投降了！"

福伦看着神色坚定的四个人，知道再难挽回，好心痛，好为难，半晌，才说：

"好吧！既然如此，我也不能勉强！但是，我们父子，难得相聚，我会在南阳停留十天半月，大家聚一聚！你们也利用这十天半月的时间，再仔细地想一想！十天以后，如果你们还是这样坚决，我就回北京去复命！"

这天，在慈宁宫里，乾隆终于得到了四个人的消息。

"找到他们了？在哪里？他们好不好？"乾隆惊喜地问。

李大人正毕恭毕敬地禀告着：

"启禀皇上，福大人在南阳找到了他们！紫薇格格的眼睛已经复明，五阿哥和福大爷的伤势也好了，金琐姑娘也从悬崖下救了出来！他们总算吉人天相，有惊无险！福大人要臣快马加鞭，先赶回来报告皇上！"

站在太后身边的晴儿，感恩地望向窗外，眼睛闪亮。

乾隆呼出一口气，立刻问：

"那么，他们什么时候回宫？"

"回皇上！福大人说，他们不肯回宫！现在，福大人正和他们用拖延政策，要臣火速回来报告皇上！"

乾隆大震，瞪大了眼睛，觉得不可思议，大声问：

"不肯回宫？什么叫作不肯回宫？朕要他们回来，这是圣旨！难道他们竟敢抗旨？朕已经原谅了他们，赦免了他们，他们为什么还不回来？"

"这几个孩子，简直太不知好歹！"太后忍不住说话了，"骄傲到这个地步，实在少有！永琪和尔康都跟着那两个丫头走，一定是紫薇和小燕子不要回来，永琪和尔康就采取一致行动了！"

李大人俯首不语。

"他们一个也不肯回来？永琪也这样？紫薇也这样？"乾隆不相信地问。

"臣听福大人说，他们意志坚决！"

乾隆倒抽了一口冷气，被狠狠地打击了，对李大人一挥手，恼怒地吼道：

"你去告诉他们几个，不回来就不回来！朕就当他们几个通通死掉了！"

"是是是！"李大人一迭连声应道，急忙退下。

晴儿就往前一步，看着乾隆，深刻地说：

"皇上！他们四个，在经过砍头，劫囚，逃亡，受伤，瞎眼，贫穷……各种折磨下，好不容易保住了性命，现在，一定痛定思痛，对这个皇宫，充满了畏惧，充满了排斥，这是人之常情！再说，衣服破了可以补，房子倒了可以盖，东西坏了可以修……只有人心，一旦受伤，好难恢复！这'伤心'两字，并不是皇上才会！众生平等，大家都有'心'！'伤心'过的'心'，需要'真心'来修补！皇上，不要怪他们！还是想一想，有没有最好的太医，可以治'伤心'？只要把这个病治好，他们就会心甘情愿地回来了！"

乾隆一脸的震动，深深地看着晴儿。

第七章

福伦离开以后，所有的人就全体聚集在厅里，热烈地讨论起来。

"没想到皇上居然赦免了我们，不再追捕我们了。对我们来说，真是一件天大的好事！从此，我们不用担心害怕，可以放慢脚步，带着游山玩水的心情，慢慢走到大理去了！"尔康看着大家说，"终于，我们那首歌里的句子'让我们红尘作伴，活得潇潇洒洒，策马奔腾，共享人世繁华'，变成事实了！"

箫剑带着怀疑的态度，看着小燕子和永琪：

"你们确定不会回宫吗？我对你们几个有些不信任！福大人在南阳停了下来，那意味着他还没有对你们放弃，我想，他会千方百计来说服你们！说不定，你们闹到最后，还是会回去！尤其是永琪，他还是没办法摆脱这个阿哥的身份！"

"不会！不会！"小燕子嚷着，"我好不容易有了哥哥，我才不要再回宫！我绝对绝对不会再回去！这个还珠格格，我已经做够了，玩够了！差点把命也玩掉了！我要去那个有水有花的地方，学我们的方家剑法！我有一大堆的计划，这些计划，都和皇宫没有关系！永琪已经答应了我，我在哪儿，他在哪儿！"

"是！"永琪说，在割舍中，难免也有痛楚，"我早就做了选择，我还是会坚持我的选择！皇宫里的阿哥已经够多，少我一个，对皇阿玛不是什么大损失。"

"可是，从清朝开国到现在，好像还没有'出走'的阿哥，你是唯一的一个，将来，历史上会怎么记载你这个王子？"萧剑问。

"皇室对这种事情，有一个惯例！只要皇室里的人，发生了皇室不愿意承认的事，就用去世来交代。就像含香失踪了，皇室昭告天下，说香妃去世了一样！永琪，了不起，你就变成'英年早逝'了！"尔康说。

"如果这样，能够让皇阿玛心里舒服一点，我不在乎他怎么宣称！事实上，从我劫囚车那天起，'五阿哥'就已经死了！现在活着的，是艾琪！"

"说得好！"萧剑感动了，"艾琪，看样子，我那傻乎乎的妹妹，没有选错人！没有看错人！你能为她，让'五阿哥'死去，我也甘心情愿让她和你白头到老了！"说着，就重重地拍着永琪的肩膀。这一路走来，他们两个到此，已成莫逆。

紫薇笑了笑，说："我想，我们不用再讨论回去或不回去这个问题了，我看，大家的意志都很坚定！不管怎样，我们都不回去了！未来的目标，是云南大理！可是……"她走了过去，拉起金琐的手："金琐！你不用跟我们路远迢迢地去云南了！"

"小姐！你去哪里，我也去哪里！我不要跟你分开！"金琐喊着。

"不！金琐，现在的你，跟以前不同了！"紫薇温柔地凝视她，"你的世界，不再是我！以后，要跟你度过漫长人生的人，是柳青！你应该问问柳青，他要去哪里，他停留的地方，才是你的家！"她就牵着金琐，走到柳青面前，把金琐的手，放进柳青的手里，真挚地对柳青说："柳青！你那句话始终也没说出口，我也不勉强你说了，我把我的金琐，郑重地交给你了！"

柳青握住了金琐的手，感动着，在众人面前，依然有些尴尬，说：

"我看，我们大家集体去云南吧！既然箫剑把那儿形容得那样好，我们就去那儿建立我们大家的新家庭吧！"

柳红面有难色了，说：

"可是，我们在北京还有许多丢不开的事，例如宝丫头、小虎子，还有那些大杂院的老老小小！本来，护送紫薇他们去云南之后，我们也要回北京，如果在云南落地生根，恐怕还要考虑！"

"我已经跟阿玛谈过了！查封的会宾楼他可以做主，还给柳青柳红！"尔康说，"我想，我们大家也需要在北京有个落脚的地方，就算去云南，我们早晚还是会回北京来省亲！会宾楼有大家很多的心血和回忆，丢掉了实在太可惜！"

"真的吗？会宾楼可以还给我们？"柳青惊喜地问。

"对！"尔康肯定地点点头。

柳青喜出望外，就对金琐一揖到地，央求地说：

"会宾楼的老板娘，看样子，你只好嫁鸡随鸡，嫁狗随狗，跟我回北京了！"

金琐的脸蓦然通红，一跺脚，娇情地说：

"什么'老板娘'？你从来没有好好问过我，要不要嫁，我还没想清楚呢！"

"啊？还没想清楚？"柳青大惊。

小燕子就拍着柳青的肩膀，大声嚷嚷道：

"快问！快问！当着我们大家面前问，免得金琐赖账，我们帮你做主！"

柳青尴尬得不得了，拼命抓头：

"问什么？这不需要问的嘛！就是这样一回事，大家心知肚明就好了！哪有这么啰唆？有些事情，是放在心里，不是放在嘴上的！"

"你什么话都放在心里，别人怎么知道呢？快问！"紫薇笑着说。

"快问！快说！"小燕子更是大吵大闹地叫着，"如果你说不出口，我们只好把金琐带到云南去，我还缺一个嫂嫂，我看，金琐配箫剑挺合适！"

"小燕子，说些什么吗？"金琐大窘，抗议地喊，"好像我都没有自主权，一天到晚，凭你们把我送给这个，送给那个!"

"那么,你的'自主权'是什么?你到底要嫁谁?"小燕子逼问。

柳青看到金琐涨红了脸,又羞又窘的样子,一急,就冲口而出了。

"你们一个个明知故问,真是烦死了!"他就往金琐面前一站,大声说道,"金琐!我是个粗人,说话没有尔康、永琪他们好听!那些肉肉麻麻的句子,诗啊词啊,我一句也说不来,什么海誓山盟,我也不懂!这辈子,只有一次,吓得我魂飞魄散,就是你掉下悬崖的那一刻,当时,我脑子里闪电一样闪过一个念头,万一你活不成,我以后要怎么办?这个念头把我自己也吓住了!后来,我帮你接骨,你大叫一声,痛得晕了过去。那时候,我差点也晕了过去,这才知道,爱一个人是怎么回事了!好了,这是我这一辈子说的最肉麻的话,你,到底要不要嫁我?"

大家听了,人人瞪大了眼睛。小燕子大叫:

"哇!柳青!你真是那个那个……什么藏什么露!"

"深藏不露!一鸣惊人!"永琪也瞪大眼睛,"哇!柳青,你太不简单了!"

众人就情绪高昂,把柳青和金琐包围起来。小燕子喊道:

"金琐!你怎么说?快回答人家呀!"

金琐脸上,一片红晕,眼里,绽放着光彩,低声地说:

"我还有什么话好说?给他骗走了,就对了!"

紫薇和尔康,很快地交换了一个安慰的、安心的笑。紫薇就兴奋地说：

"箫剑！能不能问一问贺大哥，我们可不可以借他们家，办个小小的喜事，就像当初，我们帮含香和蒙丹那样！金琐没有爹娘，唯一的亲人就是我！在我们大家分手以前，让我了了这段心事，给他们两个洞房花烛一下吧！"

小燕子就欢天喜地地舞着拳头喊：

"对对对！洞房花烛！洞房花烛！洞房花烛……"

三天后，大家就让柳青和金琐成亲了。

这是逃亡以来，大家第二次办喜事，一切已经驾轻就熟。大家吹吹打打，鞭炮喜烛，一样不少。金琐凤冠霞帔，在紫薇和小燕子的扶持下，嫁给了柳青。福伦、贺大哥、贺大嫂都是嘉宾。小鸽子充当花童，提着花篮，把花瓣撒得满洞房都是。

"一拜天地，再拜亲人，夫妻交拜，送入洞房！"一对新人终于进了洞房。柳青在众人的掌声中，在小燕子的尖叫声里，在紫薇的泪眼凝注下，在尔康的凝眸祝祷中……挑起了喜帕，金琐低着头坐在那儿，双颊嫣红，双眸如醉。柳青凝视着她，不禁疑真疑幻，恍然如梦。大家挤在洞房里，闹着一对新人，说什么也不肯离开。紫薇和尔康忍不住彼此对看，紫薇泪光闪闪，尔康也恍然如梦了。他情不自禁地握住紫薇的手，两人心念相通，都是百味杂陈。回忆这条婚姻之路，金琐和柳青走得曲折，尔康和紫薇陪得艰辛。实在没有料到，乾隆的"斩格格"，会成就了金琐和柳青这对佳偶。如果没有这一路的逃亡，谁知道他们的姻缘，还要错失多久？人生，就有这么多"意料之外"的事，往往化悲剧为喜剧，化腐朽为神奇！两人想着，深深地、深深地感动了。

"当山峰没有棱角的时候，当河水不再流，当时间停住，日夜不分，当天地万物化为虚有，我还是不能和你分手，不能和你分手！"小燕子高声地唱起歌来，"你的温柔，是我今生最大的守候……"

大家看着一对新人，个个都是一团喜气。逃亡以来，这是大家最开心的时候了。

第二天，小燕子心血来潮，亲手做了一桌子的菜，给大家吃。紫薇帮她把丰盛的菜肴，一盘一盘端上桌。小燕子兴高采烈地嚷着：

"为了庆祝我找到了哥哥，为了庆祝金琐和柳青新婚，为了庆祝皇阿玛原谅了我们，为了庆祝一大堆一大堆的好事，我今天做了一桌子酒席来给你们吃！全部都是我做的，紫薇、金琐都没有帮忙哦！如果我不好好地表演一下，你们一定会把我那个'酸辣红烧肉'说一辈子！"

"真的！"紫薇为小燕子做证，"今天全是小燕子做的，真不简单！我帮她打下手，切切菜而已。她这么有心，你们可要用力地吃！使劲地吃！努力地吃！"

"遵命！"众人欢呼着，就要动筷子。

"不忙，不忙！"小燕子拦住大家，"吃饭以前，我还有一篇'吃饭论'，听完再吃！"

"啊？吃饭论？你什么时候变成学问家了？"柳青惊奇地问。

"快'论'吧！大家可都饿了！"尔康喊。

小燕子就清清嗓子，一本正经地念"吃饭论"：

"人都要吃饭，早上要吃饭，中午要吃饭，晚上要吃饭。饿了当然要吃饭，不饿还是可以吃饭。春天要吃饭，夏天要吃饭，秋天要吃饭，冬天还是要吃饭……"

小燕子才念了一半，众人已经笑得东倒西歪。永琪就对萧剑解释：

"这本来是小燕子的一篇作文，原来的题目是'如人饮水'，小燕子就作了一篇'喝水论'，现在，她把'喝水'两个字，改成了'吃饭'，变成'吃饭论'了！当初，她的'喝水论'，曾经让皇阿玛评为'淹死了孔老夫子'的杰作！"

萧剑不禁大笑。小燕子一本正经地继续念：

"男人要吃饭，女人要吃饭，小孩要吃饭，老人还是要吃饭。狗也要吃饭，猫也要吃饭，猪也要吃饭，人当然要吃饭！所以，我们今晚要吃饭！明天还是要吃饭！"

"好了吗？大家可不可以吃了？"尔康再问。

"不忙！不忙！"小燕子又拦住大家，"当初，我们跟皇阿玛去出巡，紫薇表演了一桌菜，每道菜她都取了一个好好听的名字，什么凤凰游，什么比翼鸟，吃得皇阿玛眉开眼笑！我呢，也学习了一下，刚刚在厨房里，把脑袋都想破了，给这些菜也取了名字！这四个字四个字的词我也会！不要一天到晚笑话我！"

众人全部睁大眼睛，又惊又喜地看着满桌子菜。

"你还取了名字？不简单！赶快说吧！这是什么？"尔康

夹了一块红烧排骨。

"那个呀,那个的名字是'大卸八块'!"小燕子说。

"大卸八块?"尔康大惊,"怎么有菜名叫做'大卸八块'?吃下去一定会消化不良!我还是换一样吃吧!"尔康急忙换了一碗葱姜烧猪血。"我吃这个!这是什么?"

"那是'狗血淋头'!"小燕子不慌不忙地说。

"狗血淋头?天啊!"尔康再一惊,赶紧停筷,怀疑地看着那些菜。

箫剑听到菜名有些惊人,就选了一个冬瓜盅,自以为很聪明,问:

"我吃这个!这个是什么?"

"那是'脑袋开花'!"小燕子大声说。

"啊?"箫剑吓了一跳,"脑袋开花啊?"他伸伸脖子,吃不下去,急忙放下筷子来研究:"我研究研究再吃!"

"为了安全起见,我吃这盘卤味总没错!"金琐就去夹鸡翅膀和鸡脚。

"那是'断手断脚''四分五裂'!"小燕子嚷着。

"啊?这么厉害?"金琐瞪大眼睛,赶快放下筷子。

"我吃这个'肚丝'总没错!"柳红去夹一筷子凉拌肚丝。

"那是'开膛破肚'!"小燕子解释。

"什么?'开膛破肚'?哪有这种菜名?"柳红一愣,也急忙把筷子放下。

"有没有素菜?我今天吃素!"柳青满桌子找,发现有盘豆腐,就用汤匙去盛,"我吃豆腐就好!"

小燕子伸头一看，嚷着：

"那不是豆腐，是猪脑，我给它取名字叫'脑浆迸裂'！"

"啊？"柳青直跳起来，"怎么一盘比一盘厉害？"

小燕子就指着每一样菜，介绍着："我给你们通通介绍一遍吧！那是'狼心狗肺'，那是'白刀子进'，那是'红刀子出'！那是'碎尸万段'，那是'粉身碎骨'……"指着砂锅鱼头说道："那个鱼头，我给它取名'要头一颗'，那锅鸡汤嘛就是'要命一条'了！"

众人把筷子吧嗒一声，全部放下，纷纷大嚷大叫。

"你挖空心思，要倒我们的胃口是不是？"永琪说。

"人家紫薇上次做菜，取的名字多么雅致，'在天愿作比翼鸟''凤凰台上凤凰游''秦桑低绿枝''燕草如碧丝'……怎么到了你这儿，变得这么难听？怪不得含香会引蝴蝶，你只能引蜜蜂！"尔康喊。

"你如果不取名字，我们还吃得下去，现在，让我们怎么吃？"柳青叫。

只有箫剑，笑嘻嘻地说：

"难得难得！你没有把'肝脑涂地''行尸走肉''柔肠寸断''五马分尸''血流成河'……这些菜端出来，已经是你对我们客气了！好吧！你赶快坐下来，不用再介绍你的菜名了！为了庆祝那么多美好的事，我们来行酒令如何？"

"好好好！"紫薇立即同意，"我们赶快行酒令，把这些奇怪的菜名给忘掉，要不然，真的吃不下去！"

小燕子坐下，兴高采烈地喊：

"好好！行酒令，但是不可以太难！"

尔康想了想，说："我们来一个最简单的吧！我们每一个人说一个三个字的词，这个词要颠来倒去念三次，都能通！说不出的人，要罚酒一杯！例如……我来开始！"就领先示范："舍不得，不舍得，舍得不！"

"好！我来！"紫薇接口，"做人难，难做人，人难做！"

"无底洞，洞无底，底无洞！"萧剑接了下去。

"大风吹，吹大风，风大吹！"永琪再接下去。

"好花开，开好花，花开好！"柳青也接出来了。

"鹤顶红，红顶鹤，鹤红顶！"柳红说。

"上高山，高山上，山上高！"金琐说。

轮到小燕子了，她眨巴着大眼睛，拼命想。想来想去想不出。

"这个好难，你们还说不难！"

"快说快说！要不然就罚酒！"尔康催着。

"说就说！我也有一大堆，不过是三个字嘛！"小燕子嚷着。

"是啊！只有三个字，想一想嘛！"永琪鼓励着。

"不用想了！我说！"小燕子喊。

大家都看着小燕子，她就大声地说道：

"牛吃草，吃草牛，草吃牛！"

众人大笑，紫薇拉着小燕子嚷道：

"罚酒，罚酒！吃草牛已经有一点勉强了，还能通过！这个'草吃牛'是什么玩意？草怎么可能把牛给吃了？赶快喝酒！"

小燕子不服气，挣扎着，眼珠一转，嚷着：

"有了！有了！我想起一个很通的来了！"

"是什么？再给你一次机会！说吧！"紫薇喊。

小燕子就大声地说了：

"放狗屁！狗放屁！放屁狗！"

大家全体差点晕倒，笑得东倒西歪，有的去打小燕子，有的趴在桌上，有的揉肚子，有的离桌捧腹大笑，一餐饭吃了一个乱七八糟。

这一餐饭，真让大家永远难忘。接下来，另外一餐饭，也让大家终生难忘。

原来，福伦决定要回北京了，这天，来到贺家小院，对小燕子、紫薇、尔康、永琪四个人说：

"看样子，你们的决心是不会改变了，那么，我也要回北京去了！既然我要走了，大家再见面，也不知是何年何月，明天中午，我在城里那家'醉仙居'订了一个房间，我们好好地吃一顿，算是我给你们大家饯行吧！我看，就是我们五个，话话家常。你们那些朋友，就不必参加了！"

"应该是我们给阿玛饯行才对！"尔康恭敬地说，难免充满了离愁和不忍。

"要吃饭呀？好，反正'人都要吃饭，今天要吃饭，明天还是要吃饭'，我们去！"小燕子好脾气地说。

于是，这天中午，大家都到了"醉仙居"，那是南阳城里最大的一家酒楼。福伦订了一个单独的房间，四个年轻人就和福伦依依话别。

"想到你们今后，就要远离家乡，我的心里，还是不能不难过！不只为我难过，也为皇上难过！对皇上而言，他能够赦免你们，真是不容易！不管怎么说，你们几个，确实闯下滔天大祸！皇上的宽容，最起码应该换得你们的感恩！为什么你们连感恩都没有？"福伦感慨地问。

"我们确实感恩，但是，感恩是一回事，伤心是另外一回事。"尔康诚挚地说，"我不得不承认，对于皇上，我们有爱，有敬，有怨，有恨，有怕！这种感觉是很复杂的，是说不清楚的！"

"他不是一个普通的爹，"紫薇接口说，"他操'生死大权'，这个权力非常可怕！父母、子女间，生气吵架，立场不同，做法不同，是经常有的事，任何家庭都可能有！但是，一生气，就要杀人的，却只有他一个……"

紫薇话没说完，帘幔一掀，有个人大踏步走了出来，大笑说：

"哈哈哈哈！说得好！紫薇！生气要杀人的那种'爹'，只有我一个，可是，你的脑袋还在你的脖子上，嘴巴还是能说善道！"

大家抬头一看，不禁大惊失色。原来，走出来的不是别人，竟是一身便衣的乾隆！乾隆这样戏剧化地出现，四个年轻人都震惊得跳了起来。

尔康、永琪就扑通一跪，惊喊：

"皇上！"

"皇阿玛!"

小燕子惊愕地看着乾隆,怎么也没料到,乾隆会到南阳来。她又是惊异,又是震撼,又是感动……双膝一软,也跪下了,不由自主地喊:

"皇阿玛!"

只有紫薇,看着乾隆,惊得震住了。然后,她退了一步,屈了屈膝,傲然不跪,低低地喊了一句:

"皇上!"

乾隆看着四人,眼光落在紫薇脸上。

"紫薇,你叫我什么?"

"皇上!"紫薇脸色苍白地看着乾隆,轻轻地说。

乾隆颇为震撼,紧紧地盯着紫薇,问:

"你的意思是,这个'阿玛'你不要认了?"

"是你不要认我了!"紫薇抬着头,勇敢地看着乾隆,清晰地说,"在我舅婆、舅公出现的那天,你已经亲口否决了我,你不相信我娘,认为这是一个'处心积虑,策划多年的大骗局'!想到我娘终生的等待,换来了'处心积虑,策划多年的大骗局',我真为我娘心痛抱屈!何况,那天,你斩钉截铁地对我说'不要叫朕皇阿玛!朕不是你的皇阿玛'!这些日子以来,你的这些话,常常在我脑子里一次一次地回响,所以……"她顿了顿,毅然地说:"即使你现在还要认我,我也不要认你了!"

乾隆更加震撼了,注视着紫薇:

"说得好厉害!你不去仔细想想,那天是多少状况一起发生？你娘，完全是受你的连累，如果没有你撒下瞒天大谎，偷走我的爱妃，让我痛彻心扉，我怎样也不会被那三个老百姓给糊弄住！"

尔康一震抬头，惊喜地问：

"皇上！你说'糊弄'？那么，真相已经大白了吗？紫薇的舅公和舅婆是故意那样说的，是不是？那三个老百姓，才是'处心积虑的大骗局'，是不是？"

"我并没有去调查！"乾隆坦白地回答，"但是，心里已经明白了！如果我再去调查，才是对雨荷的侮辱。雨荷不是那样的人，她不会欺骗我！当时，是我气糊涂了……"他看着紫薇，叹了口气："你说得对，我配不上你娘，因为我冤枉了她！"

紫薇再也料不到乾隆会这样说，就震动得呆住了。

乾隆就对大家挥挥手，说：

"通通起来！不要跪我了！这儿是南阳，我是'微服出巡'！所以，大家把称呼都改一改，我是'老爷'！你们大家坐下，跟我吃一顿'家常便饭'吧！"

乾隆就在主位落座，拍拍身边的位子。

"福伦，跟我一起坐！他们小辈，坐在对面！"

"是！"福伦恭恭敬敬地坐了下来。

尔康、永琪和小燕子这才起身，大家都没有从震惊中恢复。

永琪情绪激动，不能自已，说：

"阿玛！我怎么都没想到，你会亲自到南阳来！"

乾隆凝视着永琪，用一种有些心酸的语气，充满感情地说：

"我没办法了！前前后后，派了好多人来找你们，左一句'不许伤害他们'，右一句'毫发无伤地带回来'，结果，还是弄得你们遍体鳞伤！一下子摔马车，一下子掉悬崖，一下子瞎眼睛，一下子受重伤……我听得心惊胆战，坐立不安！只得把福伦也派来，谁知你们几个，每个都伤痕累累，居然还负气，不肯回家！你们要我怎么办？下'圣旨'命令你们，还是亲自来接你们？"

乾隆这样一番话，永琪顿时热泪盈眶了，喊道：

"阿玛！让你这样操心劳累，我实在该死！太对不起你了！"

"不要说'对不起'了！此时此刻，我不是一个'皇上'，我只是一个失去子女的父亲！而且……是一个没有骄傲，也没有火气的父亲。"乾隆抬眼看着四人，声音里充满了感情，"孩子们！流浪的日子还没过够吗？天气好冷，快要下雪了！漫长的冬天，你们在外面要怎么过？漱芳斋里面，火炉准备好了，棉袄准备好了，厚厚的棉被都准备好了！明月、彩霞、小邓子、小卓子都在等你们，还有那只鹦鹉，每天在窗子下面喊'格格吉祥'！"

乾隆这番话还没说完，小燕子"哇"的一声，就哭了。边哭边说：

"皇阿玛！请你不要对我好，你骂我也可以，凶我也可以，对我吹胡子瞪眼睛都可以，就是不要对我好，你对我好，我就没辙了！我们已经决定，再也不回那个回忆城了！所以，请你不要对我们好！"

"回忆城？"

"是！我们都把皇宫叫做'回忆城'，那个地方，是我们大家的'回忆'了！"尔康应着，"我们已经走到这一步，就回不去了！"

乾隆看着四个仍然站在那儿的年轻人，好心痛：

"你们总不至于连跟我吃餐饭都不愿意吧！坐下！坐下！"

四人这才坐了下来。

乾隆拍了拍手，就有四个宫女端着托盘走了出来，把托盘放在桌上。乾隆看看小燕子，看看紫薇，说：

"小燕子，我从那个'回忆城'里，带了你最爱吃的杏仁酥来，这些日子，那个杏仁酥，大概你很久没吃到了！紫薇，你喜欢的核桃糕，我也带来了！还有豌豆黄、松子花糕、枣泥馅饼……记得你们两个丫头，最爱吃这些小点心……我临时决定带点心来，把整个御膳房弄得手忙脚乱！可惜路上走了太久，即使快马加鞭，日夜不停，还是耽搁了好多天。来！快吃！看看还新鲜吗？"

紫薇和小燕子，泪眼看着那些点心，简直不敢相信乾隆会这样做。

"哇……"

小燕子再也忍不住，扑在桌上，放声痛哭了。小燕子这样一哭，紫薇也忍不住，泪珠滴滴答答往下掉。永琪和尔康，又是震撼，又是感动，两人眼睛都是湿漉漉的。

福伦已经忍不住，用袖子擦着眼泪。

四个宫女含泪退出了房间。

乾隆就离席，走到小燕子和紫薇身边，一手一个，把两人拉了起来。他左拥紫薇，右拥小燕子，俯头看着她们两个，柔声说道：

"两个丫头，我常常说，你们两个，亲切得像我的两只手，你们想想看，我怎么能够失去自己的两只手？你们就算有气，有失望，有委屈……现在，都该过去了！我也有气，有失望，有委屈呀，你们把我的爱妃都弄丢了！我还不是让它'过去'了？你们两个，是我心爱的女儿，我不能让你们流落在外面！何况，你们还拐走了我最心爱的儿子和臣子！"

小燕子崩溃了，扑倒在乾隆怀里，哭着说：

"皇阿玛……对不起，我有好多好多错……"

"别说了！"乾隆关心地看着紫薇，"紫薇，你的眼睛怎样？确实好了吗？我把所有的太医都带来了，等会儿让他们给你会诊一下！"

紫薇抬眼，泪眼迷蒙地看着乾隆。喉咙里卡着一个硬块，半响，才哽咽地、困难地喊出一句：

"皇……皇……阿玛……"

乾隆心中一抽，把紫薇紧紧地搂在怀里，眼中潮湿了，哑声地说：

"好珍贵的三个字！"

尔康和永琪，都落泪了。

好半天，室内静悄悄的，只有两个姑娘的抽噎声。

最后，还是乾隆振作了一下，放开两人，哑声地说道：

"好了！擦干眼泪，赶快吃东西！吃完东西，回到那个贺家去收拾收拾，你们那些'生死之交'，我都听说了……大家拼命保护你们，每个都有功，等我们回到'回忆城'，我再论功行赏！"

紫薇和尔康交换了一个深刻的注视。紫薇抬头，泪眼看乾隆，温柔却坚定地说：

"皇阿玛，你这样待我们，我心里好感动，有任何的委屈，现在都不存在了！可是，我们不能跟你回去！"

乾隆大震，不敢相信地看着紫薇。

小燕子也抬起头来，幽幽地看着乾隆，结结巴巴地说：

"我知道不应该再说'不要'了，可是……我和我哥哥相认了，我现在有一个哥哥，我想和他在一起，我们已经决定了，要去云南大理！"

"哥哥？什么哥哥？"乾隆一怔。

福伦赶紧禀道：

"关于这个哥哥，我再跟老爷慢慢解释！"

乾隆看看两个姑娘，再也没想到，自己亲自出马，放下所有身段，仍然无法说服她们回宫，又是伤心，又是挫败，又是痛楚。

"你们还是不肯回去？"

"那个回忆城里，我和小燕子都是'异类'，实在没有容身之地！"紫薇说。

"有我撑着，怎么会没有容身之地？"乾隆问。

"有你撑着，仍然会有我的舅婆、舅公出现，仍然有布娃娃的出现，仍然有老佛爷的怀疑和不满，仍然要面对皇后的疾言厉色……最后，当人人都在指责我们两个的时候，你就动摇了！"

乾隆点点头，深吸了一口气。

"看样子，你们这口气，还没消！"就看向尔康和永琪，"你们两个怎么说？"

"皇阿玛，"永琪含泪说道，"从小，你在我心目里，就是一个顶天立地的大人物，是个叱咤风云的皇帝，光芒万丈，不可一世！但是，距离我却很遥远！只有此时此刻，我才深深感觉到，你是一个慈爱宽容的爹！我真的非常非常想跟随你，也以当你的儿子为荣。可是，重回皇宫，确实让我们四个很为难，我们劫后重生，很怕再堕苦海！阿玛，请你原谅！"

尔康看看紫薇，抬头定定地看着乾隆，恭敬而诚恳地说：

"皇上，在这次的逃亡里，我曾经被砍了两刀，差点失去了我的左手……我知道失去手臂的痛，实在不愿意您也痛一次！但是，紫薇和小燕子，在宫里饱受迫害，两人又不知人情世故，再度犯错的可能性太大！皇上如果真的爱他们，不如放掉她们！也允许我和永琪，跟着她们去流浪！'小舟从此逝，江海寄余生'！算是您对我们的恩赐！"

乾隆怔怔地看着这四个年轻人，一句话都说不出来。

146

第八章

从"醉仙居"回到贺家，紫薇、小燕子、尔康、永琪四人，仍然深陷在激动和感动的巨浪里，思潮起伏，无法平息。箫剑、柳青、柳红、金琐围绕着他们，听到乾隆亲自来了，大家都震住了。

"他亲自跑到南阳来接你们回去？他居然能够放下身段，日夜赶路到南阳？"箫剑无法置信地问，看看小燕子和紫薇，"怎么眼睛都是红红的？哭过了？"

小燕子马上擦去眼泪，把两盒点心拿出来。

"快吃！是御膳房的点心，平常吃不到的！"

柳青柳红看看点心，看看四人。

"他带点心来给你们吃？"柳红睁大眼睛问。

"哎！"金琐惊呼，"小姐，都是你们最爱吃的点心耶！"

"是！"永琪看着那些点心，眼神里都是内疚，"皇阿玛说，连夜要御膳房做出来的！看到皇阿玛这样，我觉得我们好残忍，好自私！他几乎是在迁就我们，讨好我们，许多他从来不说的话，他都说了！那么低声下气，可是……我们还是坚持不回去。我们比他狠心！"

尔康喃喃地、需要说服自己似的说：

"我们不能再来一遍了！好不容易离开了那个皇宫，好不容易走到了南阳。如果我们再一次半途而废，以后会怎样？如果再碰到第二个'香妃'，我们会不会又管闲事？这次，皇恩大赦，我们死里逃生。下次呢？下次的下次呢？"

"就是就是！"小燕子拼命点头。

紫薇擦擦眼睛，叹了口气：

"他亲自来南阳，他说要'接我们回家'，他说他不是皇上，只是一个'没有骄傲，没有火气的父亲'……听了这些话，我真的不能不感动！他没有派人'追杀'我们，那是一个误会。我娘的事，他也明白过来了！'砍头'也不过是要吓唬我们……小燕子……你赶快跟我说一些他不好的地方，免得我又举棋不定了！"

柳青看到四人如此，冲口而出：

"我看你们就算了！大家改变路线，回北京去吧！我和柳红、金琐，重新把会宾楼开张，你们还是去当你们风风光光的格格、阿哥和额驸！大家随时可以见面，可以和大杂院的老老小小聚会，不是挺好吗？我看，你们忘掉大理吧，都打道回府，各归各位！也免得我们一南一北，分在两个地方。金琐从昨天晚上起，就在为分别掉眼泪了！"

金琐一听，就激动地抓住紫薇的手，嚷着：

"就是！就是！小姐，你心里最气的，就是皇上否决了太太，现在，皇上既然想明白了，你的气就该消了！他好歹是你的爹嘛！你们去了大理，我要哪一年才能再见到你们呢？不要去了！回宫吧！"

箫剑听到这儿，就抓起了他的箫和剑，往门口调头就走。

小燕子一个箭步，上去挽住了他。

"你生气了？"

"我当然生气了，而且非常失望！"箫剑大声说，"我已经勾画出很多图画，到了大理，我们要怎么生活！现在，看样子，我们永远也到不了大理！"

"我们没有说要回宫呀！没有答应皇阿玛呀！"小燕子急急地说。

箫剑看着小燕子，眼神深不可测，突然激动地抓住她的胳膊，用力地摇了摇，冲口而出地喊：

"小燕子！你不可以再回到那个回忆城里面去！如果你是我妹妹，跟着我走！永远不要再回头！只要你不回头，我什么都认了！保护你和永琪，好好地活一辈子！"

小燕子睁大眼睛，怔怔地看着箫剑。

尔康忽然打了一个冷战，悚然而惊。

"听我说……"箫剑严重地凝视着小燕子，"我要告诉你……"

尔康突然冲上前去，一把抓住了箫剑的胳膊，很快地打断了他：

"箫剑！何必那么激动？大家并没有放弃大理呀！那儿，

有我们的梦想，是我们理想中的天堂，我们不会轻易让它失去的！来，我们去外面散散步！我跟你'从长计议'，好不好？"

萧剑怔忡着，抬头看着尔康，只见尔康目光深沉恳切，带着一副洞悉一切的神情。他不禁深深地震动了，情不自禁地放掉了小燕子，跟着尔康出去了。紫薇看着他们两个消失在门口，叹了口气：

"难怪萧剑会生气，好不容易把我们带到这儿，我们居然想回去，我看，大家还是仔细想一想再说吧！"

萧剑跟着尔康，走出了贺家，一直走到后面的山坡上。萧剑站定了。

"你到底要跟我谈什么？"

"谈你和小燕子那个'杀父之仇'！"尔康紧紧地盯着他，说，"刚刚在屋里，你是不是几乎脱口而出了？如果我不把你拉出来，你预备就在大家面前，把你苦苦隐藏的秘密，就这样公布了吗？你不是说，不会剥夺小燕子的快乐吗？如果你不小心说出来了，你认为，小燕子还会这么快乐，这么开朗吗？"

萧剑大惊，一退，瞪着尔康说：

"难道你已经知道我的秘密了？你怎么会知道？"

"我并不知道，只是猜测！我把和你认识以来的点点滴滴，拼凑在一起，觉得你的身世非常不简单！如果我猜得不错，你的杀父仇人，大概住在回忆城里！他和我们每一个人，都关系密切！"

萧剑再一退，不敢相信地看着尔康。

"你怎么猜出来的？"

"难道我猜对了？那个人……是……一定不是吧？"尔康虽然料到了，仍然希望自己的猜测是错误的。

"你猜的人是谁？"

"你就说了吧！你是一个坦荡荡的人，为什么吞吞吐吐？你越吞吞吐吐，我就越紧张！难道那个人是……老爷？"尔康问。

"你太厉害了！没料到什么都瞒不住你！"萧剑对尔康重重地点头，"你猜对了！就是那个人！他，就是你们那个'卧龙帮帮主'！"

尔康虽然已经猜到，仍然深受震动，脸色蓦然变白了。

"你的父亲，到底是谁？"

"我的先父，就是当过知府，后来因为文字狱，被乾隆斩首的方之航！"

"方之航？文字狱？"尔康抽了一口冷气。

"文字狱！"萧剑咬牙说，"我爹作了一首诗，被冠上反清的罪名！牵连我家每一个人，当初，我爹被处死，我的叔叔们下狱，一共被牵连的，有十九个人！对！你们那个瞌睡龙，就是我和小燕子的杀父仇人！"

尔康睁大了眼睛，一瞬也不瞬地注视着萧剑：

"你有意接近我们，不只要认妹妹吧？你还想混进皇宫？"

"不错！我是很想混进皇宫，我也成功了！今生，我唯一一次，有了报仇的机会，就是假扮成萨满法师，接近了乾隆！我看着他，跟他四目相对，那一刹那，我要取他性命，轻而易举！我也差一点做了！"

尔康回忆起来，不寒而栗：

"好险！为什么你又把机会放过了呢？"

"为了你们每一个人！我实在没有想到，和你们几个萍水相逢，你们居然对我推心置腹！我这人，只要别人对我'推心置腹'，我就愿意为对方'粉身碎骨'！这也是为什么，我在江湖中，能够交到这么多生死之交的原因！那天，我看着你们大家，为了蒙丹和含香，去冒生命危险！也看着你们几个，对瞌睡龙的那种崇拜、依恋和矛盾，体会到你们一面欺骗他，却一面爱他的情绪……我，下不了手！"

尔康听傻了，目不转睛地看着他。

"谢谢你当初'手下留情'，要不然真是天崩地裂，不可收拾！"他吸了一口气，思前想后，觉得毛骨悚然，"萧剑，这个秘密，绝对绝对不能让小燕子知道！"

"为什么？"

"你想想清楚！"尔康恳切地说，"小燕子和永琪已经山盟海誓了，她将来是皇上的儿媳妇，如果她知道自己的身世竟是这样，她和永琪还能成为夫妻吗？你和他们两个相处了这么久，应该完全体会到他们两个那份深刻的感情吧？"

萧剑点了点头，脸色凝重了。

"这正是我矛盾、痛苦的原因！为了小燕子的幸福，我似乎应该死守这个秘密！这也是为什么，我曾经想送你们到这儿，就离开你们，连妹妹都不要认了！"他叹口气，"当我发现，小燕子已经进了宫，认贼作父……"

"认贼作父？这四个字太重了！不可以这么想，这太偏激了！萧剑，文字狱是每个朝代都有的事，它是每个帝王对'思想'的统治！我有一个问题要问你，你的先父，有没有'反清'思想呢？"

萧剑愣了愣，反问：

"如果他有，他就该死吗？"

"不是他该死，而是他犯了大忌！或者，有一天，这个时代会进步，人类会走到一个思想自由、言论自由、信仰自由的时代！但是，一定不是现在这个时代！我的意思是，文字狱的死难者，往往是思想的'殉难'者！是为'理想'而死的！他是明知故犯的，是'视死如归'的！"

"我必须承认，你的话也有你的道理！"萧剑沉思着。

"再说，人非圣贤，孰能无过？就算皇上错杀了你爹，他现在已经变了！现在的皇上和以前有很多的不同，他已经不再残忍，心存仁厚，轻易不用死刑！"

"但是，他却要砍两个格格的脑袋！差一点，我唯一的妹妹，也被他处死了！"

"这是一个误会，现在，我们已经证实，皇上根本没有存心要她们两个的脑袋，只是想给我们一个教训，吓唬吓唬我们而已！"

"看样子，你们一个个，仍然对他死心塌地！"

"因为我们心底，也有一股正义感，就是这股正义感，让我们不顾一切地去救含香，也是这股正义感，使我们不能抹杀皇上的好和他的英明！"尔康坦白而正直地说，他凝视着萧剑，"其实，皇上对于小燕子，真是宠爱极了，明知她不是格格，依然视如己出。如果皇上使小燕子成了孤儿，冥冥中，又有一个力量，把小燕子牵引进宫，让皇上成了她的父亲，这不是很神奇的一种回报吗？"

萧剑锐利地盯着他，提高声音：

"你的意思是，要小燕子继续去当她的还珠格格吗？"

"有什么不好？只要她不知道真相，她会做一个快乐的还珠格格！只要皇上不知道真相，皇上会宠爱她到极点！上苍用另一个方式，让这个'血海深仇'化解！你自己也说过，'报仇'不是你生命的主题，你也不会把小燕子变成一个满心仇恨的人！我现在才知道，说那句话的人，有颗多么高贵的心！"

萧剑注视了尔康好一会儿，心里真是矛盾极了。

"再说，你这个仇，要报起来，并不容易！"尔康继续说，"万一不成功，又是多少颗脑袋要落地！包括被你救下来的、小燕子的脑袋在内！万一万一，你侥幸成功了，你却杀了一个好皇帝，成为整个中国的罪人！"他盯着萧剑，有力地问："你的'家'和'国'比起来，哪一个重？"

萧剑怔住了。半晌，才说道："尔康，我不得不承认，你的聪明、你的才智、你的观察力和说服力，都让我自叹不如！乾隆有你这样的臣子，是他有福了！可惜他不知道珍惜！"他看看天空，深深一叹："我就说，不能和你们这种人在一起，跟你们相处久了，会让人忘了自己是谁！"

"我记得，有人告诉我，人生最大的美德，是'饶恕'！"

"谈这两个字，好容易！想做到这两个字，好难！我怕我没有这样的胸襟！"

"为了小燕子，试试看！你的故事，对小燕子未免太残忍了！"

"我知道。所以，我告诉小燕子，我们的仇人死了！我连爹的真名字，都不敢告诉她！我早已体会，这个秘密说出来，会造成小燕子的不幸！永琪，他是我们仇人的儿子，可是，他却是小燕子的心上人！这件事，对我真是一个震撼！这些日子来，我眼看他对小燕子的付出，为她抛弃一切，还要忍受她的坏脾气，真让我深深感动！我没办法拆散他们！不忍心让小燕子得到一个哥哥，却失去一份真情！如果他们两个，跟我去大理，我就认了！如果小燕子还要回到那个瞌睡龙身边，我实在无法心平气和！"

"我明白了！一切还没有定论。我们走着瞧吧！在我内心，也一心一意要去大理！你无论如何沉住气，行不行？"

箫剑深思着，矛盾着，重重地点了点头。

尔康松了一大口气：

"箫剑！听了你这番话，我才知道，什么叫作'英雄'！你当之无愧了！"

箫剑一愣，黯然一笑，说："尔康，你好高明，用'英雄'两个字，封了我的口！如果我不能守秘密，我大概就是'狗熊'了！"他抬眼看了看天空："记得我说过的话吗？人生，充满了故事！有人用生命写故事，有人看故事！看来你我，都是故事中人，逃不掉了！"

尔康点头，两个英雄人物，不禁惺惺相惜。这番谈话，就深深地烙印在箫剑的心灵上了。为了小燕子，什么都不能说！

尔康在紫薇面前，是没有秘密的。当紫薇听了箫剑的身世，真是吓得魂飞魄散，震撼得一塌糊涂。

"原来是这样？太不可思议了！现在，我才恍然大悟，什么都明白了！那……怎么办？如果小燕子知道了，不是天下大乱了吗？你有没有告诉箫剑，如果小燕子知道了这件事，她一定承受不了的！"

"我说了！什么都说了！所有的利害、得失，我全分析过了！事实上，箫剑是个聪明绝顶的人，我分析的事，他自己早就分析过几千几万次了！他清楚得很，要保护小燕子，就什么都不能说！只是，事情牵涉到杀父之仇，恐怕谁都无法一笑置之吧！"

"依你看，他会死守这个秘密吗？"紫薇问。

"我不知道！我现在才体会出，他身上为什么总有一种沧桑感！我可以深刻地感受到他的矛盾和痛苦，除非有一天，他能够潇潇洒洒地把这个仇恨彻底忘掉，否则，他永远都会很痛苦！"

"你认为他会彻底忘掉吗？"

"有可能！只是好难。"

"有大智慧的人就做得到，我一直觉得，他就是一个有大智慧的人！"

"只怕'饶恕'两个字，是属于'神'而不是'人'的！"

紫薇想着小燕子的身世，心里充满了恐惧，抬头看着尔康，沉思地说：

"我们不要再犹豫了，一定去大理，好不好？到了大理，这些恩恩怨怨，就不会存在了！远离了那个回忆城，我们才能远离仇恨，获得真正的平安！"

尔康握住她的手，郑重地、承诺地说：

"是！我们去大理！"

尔康对紫薇的承诺，真能做到吗？

这天，乾隆带着福伦来到了贺家，大踏步走进了那个小厅。福伦嚷着：

"永琪！尔康！紫薇！小燕子……老爷来看你们了！"

紫薇、小燕子、尔康、永琪全部跑了出来，见到乾隆，大惊。柳青、柳红、金琐、箫剑跟在紫薇等人后面，看到乾隆，个个震惊。尤其是箫剑，一眼看到乾隆，他整个人就像触电一样，经过了一阵战栗，站在那儿，动也不能动了。

乾隆完全不知道，有个这样复杂的人物存在着。福伦已经告诉他，关于箫剑认妹妹的故事。但是，福伦自己知道的，就是一个"有保留"的故事，告诉乾隆的，更是"语焉不详"。反正，乾隆知道有个自称是小燕子的哥哥出现了，一路上帮小燕子打架，保护这群王孙、公主流浪，为他们拼命，对这四个人好得不得了，这些，也就够了。四海之内皆兄弟也！反正，小燕子来历不明，到处认哥哥、认姐姐、认妹妹……是她的习惯，连"皇阿玛"她都认了，再认一个"哥哥"，也不稀奇。他对小燕子认哥哥的事，就这样理所当然地接受了。看着一屋子的人，他轻快地说：

"小燕子、紫薇，我来见一见这些帮助你们的朋友，也见见小燕子的哥哥，既然你们都不跟我回去，我要回北京了！"

"皇……老爷，你怎么来了？"小燕子惊喜地喊。

乾隆笑着骂：

"又给我改了姓？什么黄老爷，我是'艾老爷'！"

"是！艾老爷！"小燕子更正着，不禁想起和乾隆微服出巡的情景。

乾隆脸色一正，也不胜怀念地说：

"想起那次'微服出巡'，真是记忆犹新。可惜你们已经决定去大理了，要不然，真想再带你们几个，去微服出巡一次！我们可以游一游江南！小燕子，听说你是杭州人，那个杭州，真是美极了！"

柳青、柳红、金琐就急忙上前，预备下跪，喊着：

"皇上吉祥！"

乾隆急忙伸手一挡：

"不要跪我，喊'老爷'就好！"看着柳青、柳红。

金琐就介绍着：

"这是柳青，这是柳红！"

"就是会宾楼的老板，对不对？"乾隆问。

"是！"柳青、柳红恭恭敬敬地回答。

"那个会宾楼，福伦已经跟我说了，回去以后，我马上就让他们拆掉封条，你们可以重新开张！以后，任何人都不许查封会宾楼，这是承诺！"

柳青、柳红大喜，急忙道谢：

"谢谢老爷！"

"小燕子，你那个哥哥呢？"乾隆朝四面看。

萧剑一直目不转睛地看着乾隆，已经出神了。尔康和紫薇，都紧张得一塌糊涂，也目不转睛地盯着萧剑。

小燕子就回头，急忙拉了萧剑过来，喊着：

"老爷，我给你介绍，这是我的哥哥，萧剑！"

萧剑挺立着，眼光锐利地凝视乾隆。

乾隆接触到这样的眼光，不禁一震，觉得这样锐利的目光，依稀仿佛，好像在哪儿见过。他就走向萧剑，仔细地看着他，困惑地问：

"我们见过吗？"

尔康和紫薇交换了一个眼神，两人都像绷紧的弦。

萧剑的手一动，紫薇好紧张，忽然扑过来，把乾隆一撞，慌慌张张地喊："老爷！你坐这边来！"不由分说地把乾隆拖到老远的一张椅子上，推他坐下，急喊："金琐！还不给老爷泡茶……老爷爱喝的茶叶呢？"

"老爷爱喝的茶叶……哎！小姐，我们没有带出来啊！"金琐莫名其妙地说。

"随便什么茶叶，老爷爱喝茶，先倒杯茶来再说话！"永琪说。

"是！"金琐就去泡茶。

尔康趁此机会，就大步一迈，站在萧剑身边，严阵以待。空气蓦然之间，变得怪异而紧张。萧剑看到尔康和紫薇如此这般，不禁用眼角扫了尔康一下。

小燕子心无城府，又把箫剑拉到乾隆身边去，紫薇立刻紧贴着乾隆。尔康亦步亦趋，也跟了过去。小燕子快乐地嚷着：

"老爷，我告诉你，我哥哥是世界上最好的人，老天对我真好，给了我一个好哥哥！"

乾隆回过神来，看着箫剑：

"福伦告诉我，你和小燕子是兄妹，你们父母在临终的时候，把你们一南一北，托人抚养，所以兄妹分散了！"

箫剑默然不语。乾隆又说：

"听说，你费了很多工夫才找到小燕子，所以，想把她带到云南去定居？"

箫剑点点头。

"听说你能文能武，饱读诗书？"

"世上哪有'能文能武，饱读诗书'的人？"箫剑终于开口了，语气里带着萧索和嘲讽，"生命这么短暂，学问那么广大，用有限的生命，去学习无边的学问，谁能学得完？这几个字太重了！"

乾隆深深地看了箫剑一眼，有些好奇，有些震惊，心想，又是一个江湖奇人！

"箫剑！你既然是小燕子的哥哥，等于也是我的孩子了！我看你一表人才，谈吐不俗，你愿不愿意随我到北京去，博取一个功名，也给你早逝的父母，光宗耀祖？"

箫剑直视着乾隆：

"谢谢您的好意，我不愿意。"

"不愿意?"乾隆惊讶地说，"你答得好干脆！为什么?"

"人各有志！我海阔天空，已经习惯了！只想四海为家，不求功名利禄！"

乾隆迎视着萧剑的眼光，诚挚地说："好！我尊重你的意愿！"然后就看着小燕子和紫薇，说："小燕子！紫薇！你们两个过来！"

小燕子和紫薇并排站在乾隆面前。乾隆看看两人，看看萧剑和柳青柳红等人，就正色地、郑重地说道："两个丫头，这次，我的一道命令'斩首示众'，逼走了我心爱的几个孩子，这些日子，确实让我悔不当初！现在，我在你们的朋友、哥哥面前，给你们两个一件礼物！以后，不论你们在哪儿，这礼物对你们的帮助都很大！万一，我又发了脾气，再要你们的脑袋时，可以救你们一命！"乾隆就从怀里，掏出两个金牌："这就是'金牌令箭'！在朝里，只有立下战功的大臣，才有这项殊荣，能够得到我的金牌令箭！你们傅六叔有一个，兆惠将军有一个，福伦都没有！我现在破例，把两个金牌送给小燕子和紫薇！允许你们两个，拿出金牌，就代表我的命令，可以饶你们不死！记住！只有三次机会！如果你们犯下大祸到第四次，这个金牌也救不了你们了！这三次的限制，是免得你们滥用金牌的权利！这样，你们应该不会再害怕，动不动就被我砍头了吧?"

紫薇和小燕子，惊愕地看着那两个金牌，震惊得不得了。

"老爷……我们不能收这个！"紫薇讷讷地说。

"你可以收！是我的赏赐，你只能谢恩，不能拒绝！"

紫薇深深地看着乾隆。在乾隆眼底，读出了那份宠爱和珍惜，眼睛就湿了。

尔康和永琪，互相看了一眼，都是满脸的震惊。

小燕子已经拿起了金牌，激动地看着，喊着：

"哇！金牌令箭！给我一个金牌令箭？那……老爷，如果老爷要砍别人的头，我能不能用金牌的权利去救他？"

"可以！任何人都可以，但是，只能用三次！你不要阿猫阿狗都去救，最后，自己没有权利了！我看你一天到晚闯祸，三次权利够不够你用都有问题，你最好节省着用！"

小燕子就高兴地握住金牌，嚷道："这个礼物太好了！太有用了！皇……老爷，你怎么不早一点给我呢？那么，我们上次就可以用它，也不会弄得这样天翻地覆了！"说着，就欢天喜地地拿着金牌，去给萧剑看："萧剑！你看我的金牌！你看你看……老爷给我一个金牌令箭耶！我以后不会被砍头了，我有金牌令箭了！"

萧剑看看金牌，看看喜悦的小燕子，看看乾隆，心里翻滚着难言的情绪。这是乾隆吗？是一国之君吗？怎么对小燕子这样好？给她一个金牌令箭，是给她多少宠爱和保证？这个人，是自己的仇人，还是小燕子的恩人？他迷惑起来，内心深处，被乾隆和小燕子这种"父女之情"深深地撼动了，就不由自主地退后了几步。

尔康看到他退后了，才稍稍放松了自己。

小燕子喜不自胜，又奔过去给永琪看：

"永琪，你看你看！"

永琪感动得不得了，说：

"小燕子，老爷给你的，是从来没有过的'殊荣'啊！"

"什么'丝绒'？"小燕子嚷，"这不是'丝绒'，这是'金牌'啊！"

小燕子这样一嚷，屋子里那股紧张的气息就缓和了好多。柳青、柳红和倒茶过来的金琐，都忍不住笑了。

乾隆宠爱地看着紫薇和小燕子，说道：

"你们把东西收好！别弄丢了！只要把金牌拿出来，任何人见到金牌，就和见到我一样！它的效用还不止这一点！文武百官，看到金牌，都要下跪！所以，你们不要随便拿出来！"

小燕子和紫薇就慌忙收起了金牌。紫薇屈了屈膝说：

"那么，我们就恭敬不如从命了！"

小燕子好快乐，也屈了屈膝：

"我也'恭敬不如虫子命'！"

乾隆瞪着小燕子，笑了，问：

"你是什么'虫子'？"

小燕子看看众人，清脆地说：

"蜘蛛！我们大家都是'蜘蛛'！"

一句话把众人全说傻了。乾隆莫名其妙地问：

"蜘蛛？为什么你们大家都是'蜘蛛'？这话我听不懂！"

小燕子瞪大眼睛，振振有词地说：

"永琪说的，我们大家都是'蜘蛛死了还会活'！"

"蜘蛛死了还会活？为什么？"乾隆更加糊涂了。

"老爷，是'置之死地而后生'！"尔康忍着笑说。

乾隆一怔，忍不住哈哈大笑起来。

"哈哈！哈哈！小燕子，这些日子没看到你，这种笑话我都差点忘了！好久，我没有这样开怀一笑了！"笑完，他就十分不舍地看着小燕子。

萧剑站在一旁，看得目瞪口呆了。

乾隆看看小燕子，看看紫薇，突然长叹一声，站起身来：

"紫薇，小燕子，永琪，尔康！你们好自为之！从这儿到大理，还有漫长的路要走！紫薇身子弱，路上风吹日晒，尤其要小心！小燕子喜欢管闲事，有勇无谋，大家要特别注意她！听说，你们身上的钱都用光了！我让福伦给你们准备了一些盘缠！至于穿的用的，还有药材，都给你们准备了！要走长路，有备无患才好！好了，你们要爱护自己，保护自己，我走了！"

乾隆就往门口走去，福伦急忙跟随。尔康仍然亦步亦趋。

一屋子的人都呆怔着，连送都忘了送。

乾隆已经走到门口，紫薇心中热血奔腾，再也忍不住了，蓦然间冲上前去，拉住了乾隆的胳膊，眼泪一掉，冲口而出地说：

"皇阿玛，我跟你回家！"

尔康惊看紫薇，脱口惊呼：

"紫薇！你不是已经决定……"

紫薇凝视尔康，含泪说：

"尔康，我知道大理很好，是我们的梦，是我们理想中的

天堂……可是，我走了二十年，才走到我爹的身边，好珍惜
这份父女之情……大理没有脚，它不会走！让那个大理，再
等我几年吧！"

尔康看着紫薇，知道她已经做了最后的决定，她的话说
出口，再难收回了。他吐出一口长气，心里若有所失，也如
释重负了。

小燕子看到紫薇如此，哪里还控制得住，追上前去，含
泪嚷：

"紫薇要跟你回家……那……我也跟你回家！"

永琪咬了咬嘴唇，眼中湿了。

萧剑看到这儿，一气，转身出门去了。尔康看到萧剑出
门去，就追了出去。

到了院子里，尔康一把拉住了他，诚恳地说：

"萧剑！人生没有解不开的仇恨！过去的事，已经那么
多年，其中的是是非非，恐怕连你自己也弄不清楚来龙去脉，
你就让它过去吧！"

萧剑站住了，盯着尔康，说：

"我很好奇，刚刚你拦在我前面，你怕我对那个'老爷'
下手，是不是？我怎么可能那么轻举妄动？但是……如果我
真的下手了，你预备怎么办？跟我拼命吗？"

"是！我会跟你拼命！"尔康看着他，一脸的严肃，"让
我告诉你一件事。在紫薇还不是格格的时候，我们曾经一起
跟老爷去微服出巡。有一天，我们赶上了一个庙会，当时，
所有的人都去围观八仙表演，老爷身边，只有一个完全不会

武功的紫薇。谁知，八仙都是大乘教的刺客，那些刺客突然发难，一个武功高强的老头，拿了一把尖刀对老爷刺过去。当时，紫薇想也没想，就挡在老爷身前，那一刀就刺进了紫薇胸口。紫薇直到现在，身体都不是很好，就因为那一刀的关系！"

萧剑从来没有听过这个故事，不禁睁大了眼睛。

"所以，刚才如果你的剑出手了，紫薇一定会挡在前面。你的剑，很可能刺进的是紫薇的身体，或者是我的，或者是永琪的，也可能……是小燕子的！"

萧剑浑身掠过一阵战栗，非常震惊地看着尔康，知道他说的都是实情。

"你们都会为他奋不顾身？"

"是的！所以，你千万不要冒险，你是我们大家的'生死之交'，你是小燕子的亲哥哥，你在我们每一个人的心里，都有举足轻重的地位，不要伤害我们！不要让我们这么多的人，变成你那个'仇恨'的牺牲品！"

萧剑眼睛一瞬也不瞬地看着尔康。

"我言尽于此！希望你能大彻大悟！我好喜欢那个喝着酒，念着诗的萧剑！"尔康朗声念着，"一箫一剑走江湖，千古情愁酒一壶！两脚踏翻尘世路，以天为盖地为庐！好大的气魄！那'情愁'两个字，是我们的误解吧？应该是'情仇'，'仇恨'的'仇'字，是不是？"

萧剑怔着，完全被说服了。尔康拍了拍他的肩：

"我们回到房里去吧！我们这样单独跑出来，会让老爷觉得很奇怪!"

两人这一去一回,厅里的人几乎没人注意。当他们回到厅里,只见乾隆搂着紫薇和小燕子,左看右看。眼神里,是无尽无尽的感动和欣慰。

"你们决定跟我回家了?"他哑声地问。

紫薇、小燕子异口同声地、哽咽地回答:

"我们决定了!"

乾隆好感动,好安慰,抬眼看永琪。

"永琪,你呢?"

"老爷,连小燕子都决定回家了,何况我呢?"

乾隆的眼光,就找着尔康。

"尔康……你呢?"

"老爷,他们三个都决定了,我们大家行动一致……都跟你'回家'!"

乾隆吐出一口长气来,然后,他拥着紫薇和小燕子,柔声地说道:

"我们那个'家庭战争',到此为止,好不好?大家都有委屈,都有伤心,我们就把那些委屈和伤心,一笔勾销了,好不好?这牙齿和嘴唇那么亲近,也有牙齿磕到嘴唇的时候,我们就当这次的事件,是牙齿磕到了嘴唇,总不能一生气,就把牙齿都拔了,是不是?"

紫薇和小燕子拼命点头,眼泪拼命地掉。

柳青、柳红、金琐、福伦全部感动得无以复加。

这时,箫剑再也按捺不住了,看了尔康一眼,就一步上前，对乾隆说道：

"我刚刚认了小燕子，很想带她去大理。但是，我知道我带不走她了，我只有认命了！我看了半天，觉得，一个'爹'对她的意义，大于一个'哥哥'！她有人这样宠着，照顾着，还有救命的金牌令箭当护身符，我应该对她放心了！这一路上，我一直问他们大家一个问题，皇上这样追杀他们，在他们心里，还是不是一个仁君？他们个个都斩钉截铁地告诉我一个字'是'！我现在明白了！为了你是这样的一个'仁君'，为了他们几个对你的敬爱，我只好放手！"

乾隆并不了解箫剑话中的含意，听到大家说他是"仁君"的那段话，十分感动。

紫薇和尔康，却完全明白箫剑的意思，知道他终于想清楚，把那段仇恨放下了。两人好感动，激动而感恩地看着箫剑。

乾隆终于愁云一扫，爽朗地笑着，精神抖擞地说：

"大理！我明白了！那是你们大家的梦！看你们每个人，心心念念要去大理，我一定成全你们！不过，无论要去哪里，都应该先把你们的终身大事办完，是不是？"

尔康和永琪一听，要完成终身大事，喜出望外，什么坚持都没有了。大理，也丢到脑后去了。两人并排而立，双双一抱拳，大声说：

"谢谢老爷！"

第九章

乾隆离开之后，箫剑就回到卧室，开始收拾自己那简单的行囊，预备和大家告别，远走天涯了。小燕子看到箫剑在收拾行装，就气急败坏起来，她着急地抢着他手里的包袱，拉出包袱里的衣服，又去抢他的箫和剑，喊着：

"我不许你走！我就是不许你走！"

大家都挤在房间里，人人都又是着急，又是不舍。

"箫剑！你再想一想，真的要离开我们大家吗？"尔康问。

"现在大局已定！你们各归各位，我是多余的了！"箫剑头也不抬地说。

"怎么会多余呢？你是我哥哥呀！"小燕子拉着他，恳求地说道，"虽然我们不能马上去大理，可是，皇阿玛已经答应了，明年春天就让我们去！所以，你也跟我们去北京，到了明年春天，我们再一起去大理，好不好？"

"你们既然决定回北京了，我就和你们大家在这儿分手！"

"不行不行！你还要教我方家剑法，还要教我怎么念成语，我要变得像你一样有学问，能够'一开口就吐出文章'来！我不要和你分手！"

萧剑抬起头来，凝视着小燕子，认真地说：

"小燕子，我已经找到了你，看到你过得很好，我的心事都已经了了。相信我，我现在离开你们，是最好的结局，我应该飘然远去了！"

"不能飘啊飘，去啊去！你飘啊飘，去啊去，我怎么办？"小燕子不依地说。

尔康在萧剑肩上，重重地一拍：

"我们这么多好朋友，再加一个小燕子，都留不住你吗？听到你对皇上说的那几句话，我太感动了！你是真正有大智慧、大胸襟、大气魄的人，是懂得'饶怨'的人。和你比起来，我们这一群人都太渺小了！萧剑，对于一个像你这样的朋友，我舍不得说'再见'！"

尔康说得好诚恳，萧剑怔着。紫薇接着说：

"我也舍不得！"

"萧剑！"永琪也真情流露地说，"皇阿玛已经说了，回到宫里，要给我们办喜事，难道，你连自己妹妹的婚礼，都不参加吗？假如你不参加，小燕子一定不会快乐！"

"就是就是！"小燕子好委屈地点着头，"如果他不参加，我就不要嫁！"

"啊？不要嫁？"永琪大惊。

萧剑看着众人，对尔康投去深深的一瞥：

"我走了，你们可能还安心一点！"

尔康也深深凝视萧剑：

"我对你已经安心了！很诚恳地邀请你去北京。会宾楼永远有你的房间，我们常常可以相见，不是很好吗？"

"为什么你不肯跟我们去北京吗？"小燕子喊，"难道我有了皇阿玛，就不能有哥哥吗？如果我两个里面，只能有一个，那……我还是跟你去大理吧！"

"小燕子！不能这样'出尔反尔'！"永琪一惊。

"什么'粗耳朵，细耳朵'？我就是不要和萧剑分开嘛！"小燕子瞪着萧剑，生气了，"什么哥哥？八成是骗我的！好嘛，你走你走！不要管我好了！我下次把金牌令箭用完了，你就让我给皇阿玛砍头好了！"

小燕子说着，眼泪一掉，转身就冲出门去。萧剑急喊：

"小燕子……不要生气……"

"怎么可能不生气吗？"小燕子头也不回地往外冲，嚷着，"我生气，生气，生好大的气！气得死掉，气得昏掉，气得胃痛头痛肚子痛，气得升天……"

"好了，好了！"萧剑没辙了，"我投降，小燕子！我跟你们一起去北京！我拿你没办法，拿你们每个人都没办法！我投降了，做你们这个国家的人吧！从此，忘了我是谁！"

小燕子一笑，立即转身，欢呼起来。

"哇！我太高兴了！哇！我太得意了！哇！我也要飘啊飘，飘起来了！哇……我这么倒霉的人，怎么会碰到这么多好事？就算宫里，有一大堆黄鼠狼等着我，我也不怕了！"说完就飞舞到萧剑面前去，挽住他的胳膊，喊道，"萧剑！你是世界上最好的哥哥！"

萧剑怜惜而宠爱地看着她，唇边绽着笑意。

众人都感染了这份喜悦，人人笑得好灿烂。

第二天，大家就跟着乾隆，浩浩荡荡地回宫了。

旗帜飘飘，两辆马车在御林军的前呼后拥下，向前从容地前进。前面是乾隆讲究的马车，后面是尔康他们那辆普通的马车。尔康、永琪、柳青、萧剑都骑着马。乾隆带着小燕子、紫薇、金琐、柳红坐在马车中。

乾隆左边是小燕子，右边是紫薇。他左看右看，又是安慰，又是高兴：

"真好！你们两个又在我身边了，这种日子，实在幸福。以后，我们都要懂得珍惜，不要再闹别扭了！"

"那……你以后也不要用'砍头'来吓唬我们嘛！太严重了嘛！"小燕子说。

"那……"乾隆说，"我们约法三章，你们也不许把我的妃子偷出宫去，这也太严重了嘛！"

"那……你也不要左一个妃子，右一个妃子娶进宫，太多了嘛！"紫薇说。

"哈！你们管的事还真不少！连我有多少妃子也要管？"乾隆瞪着两人，纳闷起来，"我看，我被你们这两个'民间格格'吃定了！怎么会呢？"

小燕子和紫薇都笑了。

金琐和柳红，忙不迭地给乾隆递茶递水。

紫薇看着金琐，想了起来，趁机对乾隆说：

"老爷，有一件事要禀告你一下！金琐，我已经做主，把她嫁给柳青了，现在正是新婚燕尔。所以，我想，不要带她进宫了，免得出宫的时候，还要经过敬事房的批准，挺麻烦的！到了北京，她就跟着柳家兄妹去会宾楼。"

"哦？金琐！"乾隆惊看金琐，"我都忘了恭喜你！什么时候结的婚？"

金琐满脸通红，急忙答复乾隆：

"谢谢老爷，就在几天前，小姐预备去大理的时候，赶着办了！"

"嫁给柳青了？"乾隆有些糊涂起来，"我记得，当初紫薇拔刀的时候，不是把金琐许给尔康了吗？怎么又跟柳青结婚了？"

金琐脸更红了，头一低，说道：

"那要问小姐！"

紫薇看着乾隆，坦白地说：

"我和尔康都觉得，金琐应该有属于她自己的幸福！她不是我们两个的附属品！她有权利拥有一个完整的婚姻！"

乾隆一愣，深思起来，觉得紫薇话中有话。

"完整的婚姻？这也是一个理想境界吧！你们真不简单！一路上，要逃追兵，要打架，要生病受伤，要路见不平拔刀相助，要交朋友，要认哥哥，要认妹妹……还要办喜事！你们真忙啊！"

"可不是！忙得不得了！"小燕子笑了。

"金琐，现在匆匆忙忙的，回宫以后，我要令妃给你补一份嫁妆！跟了紫薇这么多年，可不能亏待了你！"乾隆说。

"谢谢老爷！我不敢当啊！"金琐受宠若惊。

"敢当！敢当！有什么不敢当？"乾隆就喜悦地笑道，"紫薇，小燕子！你们唱歌给我听吧！我好久没有听你们唱歌了！"

"是！"紫薇开心地看大家，"我们来唱'当山峰没有棱角的时候'！"

于是，几个姑娘就引吭高歌起来：

"当山峰没有棱角的时候，当河水不再流，当时间停住，日夜不分，当天地万物化为虚有，我还是不能和你分手，不能和你分手，你的温柔，是我今生最大的守候……"

车外，尔康、永琪、柳青、箫剑不禁互视，每个人的唇边，都带着笑意。

尔康就策马走到箫剑身边，话中有话地说：

"你听到幸福的声音了吗？这就是！这种从内心里唱出来的喜悦，是人生最美妙的音乐！"

箫剑深深地看着尔康：

"我明白了，了解了！你放心吧！我绝对不会打断这种幸福！"

"你还可以享受这种幸福！"尔康加了一句，一笑。

箫剑有些怔忡，跟着苦笑了一下。人生，有许多事是不能"一笑置之"的。即使箫剑再洒脱，在他心底，那种身世的痛，大概永远无法抹杀。可是，上苍用它神奇的手，把这个棋盘上的棋子，重新布局。让一盘杀气腾腾的棋局，峰回路转，呈现出和局的新景象。萧剑明白了，他们所有所有的人，都只是上苍的一颗棋子而已。

永琪策马过来。

"你们在说什么？笑得那么高兴！"

"在听她们唱歌！我说，这是世界上最美妙的音乐！"尔康说。

"可不是！我们来给她们和声吧！"永琪快乐地说，就参加了歌唱。

金车宝马，就在众人的歌声中，迤逦前进。

终于，大家回到了北京。终于，大家走进了宫门。终于，在乾隆率领下，紫薇和小燕子重回到漱芳斋。

令妃和晴儿都得到了消息，大家在漱芳斋等待着。小邓子、小卓子、明月、彩霞带着太监、宫女站在院子里，个个伸长了脖子，在张望着。

"来了！来了！"令妃喊，奔上前去。

乾隆带着紫薇、小燕子大步走来。乾隆嚷着：

"回来了！回来了！总算到家了！"

小邓子、小卓子、明月、彩霞带着宫女、太监们立刻跪了一地，流泪喊道：

"格格！奴才们参见格格！两位格格千岁千岁千千岁！"

小燕子一看到四个人，哪里还忍得住，扑上前去，又拉又扯的，嚷着：

"怎么又犯规了？不是说好了不许跪我的吗？赶快起来，

让我看看，你们大家好不好？"

"我们想死格格了！"彩霞说。

"我们天天给格格念经！"小邓子说。

"我们把房子打扫得干干净净，等格格回家！"明月说。

"我们总算把两位格格盼回来了！"小卓子说。

小燕子和紫薇好感动，两人都眼眶湿湿的。

令妃迎上前去，拉住紫薇和小燕子的手，热泪盈眶地说：

"总算又见到你们了！我每天念着念着，真把你们念回来了，还有点不相信呢！你们两个人都瘦了好多……这一次，苦头吃大了，是不是？听到你们又是掉悬崖，又是摔马车，又生病受伤的，我吓得魂都没有了！紫薇，让我看看，眼睛怎样？"

紫薇扑进令妃的怀里，热情奔放地喊着：

"娘娘！有你疼着，有你念着，我不敢不好！所有的病痛，都已经好了！"

小燕子看到晴儿，就放掉令妃的手，扑过去，把晴儿紧紧一抱，兴奋地说：

"晴儿！我要告诉你一个大消息，我有哥哥了！我不是孤零零的，我有一个哥哥，我的哥哥名字叫萧剑！是一个好伟大、好了不起的人……"

"慢慢说！慢慢说！"晴儿眼睛湿湿的，"我想，你们大概又创造了很多'惊心动魄'！我好羡慕啊！什么时候，我也能参加一份呢？"

紫薇看着晴儿，由衷地喊：

"晴儿！我可以确定，不管你有没有跟我们在一起，你都是我们故事中的一个，你逃不掉了！因为我们是同一个国度的人，这种人，就像萧剑说的，是注定要用生命来写故事的人！"

晴儿听不懂，一愣。

令妃发现少了一个人，惊问：

"金琐那丫头呢？没有出事吧？"

乾隆兴冲冲地接口：

"不要着急，那个丫头不但没事，还结婚了！这会儿到会宾楼去当老板娘了！你赶快给那孩子准备一份嫁妆！"

"结婚了？"

"是啊！"乾隆说，"这些孩子，又要逃难，又要一路打抱不平，任何闲事都要管！一会儿救火刑的姑娘，一会儿救小鸽子，一会儿参加聚贤大会，还要认哥哥，认妹妹，安排婚礼！他们这一路，可没闲着！弄得从北京到南阳，老百姓都在谈这两个'民间格格'，朕看，下次，朕再要砍她们的脑袋，大概全中国都会暴动！"

"真的呀？"令妃又惊又喜地问，看看这个又看看那个，"有时间的时候，一定要把这一路的故事说给我听！"

"是！"紫薇应着。

"令妃，我们走吧！让她们两个好好地休息一下！"乾隆看着紫薇和小燕子，"休息够了，就该去慈宁宫给老佛爷请安了！"

紫薇和小燕子听到"老佛爷"三个字，怯场的情绪油然而生，脸上的笑容僵了。

"我去慈宁宫等你们！"晴儿笑着说，就把两人拉到一边，笑着低语，"别害怕，老佛爷现在不像以前那么难缠了，她眼见皇上这么思念你们，心里就软了！再看到宫里没有你们，就安静得像个大冰窖，她只好认了！要不然，我哪能到漱芳斋来迎接你们呢！"说完，转身去了。

彩霞就给了小邓子等人一个眼色。

顿时，彩霞、明月、小邓子、小卓子带着宫女和太监，一拥而上，把紫薇和小燕子不由分说地抬了起来。众宫女和太监，就欢呼地喊着：

"格格回家了！格格回家了！格格回家了……"

紫薇和小燕子又笑又叫，被众人抬进房间去。

乾隆笑着，看着，在后面喊道：

"朕有特许，从此，漱芳斋可以没上没下，没大没小！你们尽情欢笑吧！世界上，还有什么东西比欢笑更重要呢？规矩礼节，都搁在一边吧！"

紫薇和小燕子被众人抬着，一面往房里走，一面高声喊道：

"谢皇阿玛恩典！皇阿玛万岁万岁万万岁！"

两人被抬进大厅，放下地，但见满房间插满鲜花，处处窗明几净。

小邓子热情奔放地大喊：

"两位格格，奴才们给您磕头了！"

小邓子再度扑跪落地，小卓子、明月、彩霞和其他宫女、太监全部跪下，喊：

"奴才们也给格格磕头了！"

"怎么又磕头？不要磕头了！"紫薇惊喊。

"你们干吗？干吗？"小燕子也惊喊，"又是'奴才'，又是下跪！刚刚在院子里已经跪了一次，现在又跪！见到了我们，不开开心心地乐一乐，笑一笑，一直跪个不停，'奴才'长'奴才'短的，该打！起来！再不起来我就生气了！"

小邓子跪在那儿，充满感情地喊道：

"两位格格，除了磕头，我们不知道怎样表达我们的心情，这些日子，我们每天打扫空空的漱芳斋，把两位格格念了千遍万遍！好不容易看到了格格，嘴也笨，不知道该说什么好，只好磕头了！"

"是是是！"小卓子跟着说，"我给格格多磕几个头，求求格格，以后不要再吓唬我们了，格格去了这么久，我们每做一件事，都会说一次'格格平安'！大家都快要变成疯子了！"

"不只我们这样，皇上也常常来漱芳斋，每次都要我给他泡茶，拿着茶杯，看着杯子出神，嘴里念念有词，跟我们一样失魂落魄呢！"彩霞说。

"主子！我们给你们磕头，谢谢你们听到我们大家的祷告！小邓子说得对，你们有千里眼、顺风耳，看到了、听到了我们，我们太感激了，只好磕头！"明月说。

说着，四人再度磕下头去，齐声大喊：

"欢迎格格回家，格格千岁千岁千千岁！"

紫薇和小燕子，感动得热泪盈眶了。紫薇擦着眼泪说：

"唉！你们就是要把我弄哭！难道不知道我差点变成瞎子，不可以常常掉眼泪吗？"

"就是！就是！你们就是要我们两个哭！"小燕子也拼命擦眼泪。

四人这才带着宫女、太监们起身，一迭连声地喊：

"还不快给格格倒洗脸水，泡茶，拿点心，换衣服……"

众人就欢呼着四散，拿这个，拿那个，忙得不亦乐乎。大家七嘴八舌地说着：

"格格请洗脸！格格请喝茶！格格请用点心！格格请换衣裳！格格请梳头换旗装……"

就在这时，外面传来太监大声的通报：

"老佛爷驾到！"

众人大惊，全部噤声。小燕子叽咕道：

"人家还没喘气呢！她怎么就来了？"

紫薇和小燕子急忙转向门口。只见阳光灿烂，门口一个人都没有，小燕子蓦然之间明白了，冲到窗前去，对着那只鹦鹉又笑又叫：

"小骗子！你又来骗我了！"

"小骗子，我都忘了你有这样一招了！"紫薇也冲到窗前来，看着鹦鹉笑。

"格格吉祥！格格吉祥！"鹦鹉喊着。

于是，一屋子宫女、太监，再度回应：

"格格吉祥！格格吉祥……"

紫薇和小燕子，相视而笑，感动得不得了。

　　梳洗过后，紫薇、小燕子，连同尔康、永琪，四人一起来到慈宁宫，叩见太后。乾隆生怕太后又给四人难堪，早就在慈宁宫等着，已经事先帮几个年轻人，说了许多好话。四人看到太后，就一溜儿跪下了。紫薇诚恳地说：

　　"老佛爷吉祥！紫薇给老佛爷请安，这些日子以来，我们两个犯了许许多多的大错，连累到五阿哥和尔康，也跟着我们犯错。我们知罪了！希望老佛爷再给我们一个悔过的机会！包容我们，原谅我们！"

　　紫薇说完，四人就一起磕下头去。

　　太后看着四人，感慨万千。心里，对紫薇和小燕子仍然非常不满，但是，见乾隆满眼怜惜，什么话都不好说。她长长地叹了口气，不得不认了，忍耐地说：

　　"算了！不要再口口声声地请原谅，请包涵了！好像自从我见到你们这两个格格以来，你们就在这样对我说！其实，我好希望，我每次见到你们的时候，你们会亲亲热热地围绕在我身边，对我说一些你们的小秘密。那样，才是一个普通的祖母应该有的生活吧！生在帝王家，不只你们有许多无可奈何，我也有！或者，让我们一起来努力，把这个严肃的帝王生活，改变成温暖的家庭生活吧！"

　　听了太后这样一篇话，四人喜出望外，全部惊喜地抬起头来。永琪就感恩地说道：

　　"老佛爷！如果您肯这样想，那就不只我们四个受惠无穷，宫里的大大小小，老老少少，所有的阿哥和格格，都跟着受惠了！”

尔康也有许多内心的话，不能不说：

"老佛爷，我们四个虽然闯了许多祸，所有的出发点，全是一个'情'字！这次，面对回来与不回来，我们也有许多挣扎，今天，我们四个会再度跪在这儿请罪，其实并不容易。我们必须克服心里的抗拒，必须克服重蹈覆辙的隐忧！现在，听了老佛爷这样一篇话，我们终于可以说服自己，回来，是对了！"

小燕子说不出来这些大道理，看看这个，看看那个，说：

"对对对！我要说的话，就是他们说的话！"

乾隆就一伸手，对四人说道：

"你们几个，起来吧！老佛爷慈悲为怀，不会再怪你们了！可是，你们几个，也不能因此就有恃无恐，知道吗？"

"谢谢老佛爷！谢谢皇上、皇阿玛！"

四人就谢恩起立。

乾隆转向太后，微笑说道：

"老佛爷，您是这个家庭的大家长，大家的喜怒哀乐，常常在您的一念之间！如果，您真的能把帝王生活，变成家庭生活，我想，再也没有力量，会把孩子们带出家门了！"

太后没料到自己这番话，竟能收到这样的效果，就惊奇而感动起来。自己也不明白，怎么变得那么柔软了。看着乾隆，一笑说道：

"不要净说我哦，始作俑者还是皇帝呀！看来，我们母子，都要想办法去'适应'这些年轻人才对！过去的是是非非，大家就都不要提了！"

晴儿看到太后面容慈祥，欣慰得不得了，就趁机禀道：

"老佛爷！今晚，我可不可以去漱芳斋，听她们两个说故事？听说，她们这一路上，发生了好多稀奇古怪的故事，我好奇得不得了，等不及要听！"

太后看了晴儿一眼，心里还有许多隐忧，也只得咽住了：

"去吧！听完了，记得也说给我听听！"

"是！"晴儿急忙一屈膝。

于是，那晚，漱芳斋里燃着一盆炉火，小几上，放着无数的点心。晴儿和紫薇，烤着火，吃着瓜子。小邓子、小卓子、明月、彩霞全部围绕，在听小燕子说故事。

小燕子眉飞色舞，比手画脚，把这一路上的"惊心动魄"，添油加醋，说得天花乱坠。晴儿和宫女、太监们，听得目瞪口呆。当然，这个故事里，不止一次提到"箫剑"的名字。故事没说完，人人对箫剑的行事作风，印象深刻。小燕子说到"熏鸡"那一段，真是有声有色：

"当时，箫剑就对我说：'小燕子！我带你回去讨回公道！'他伸手一拉，我就上了他的马背，我们一阵飞跑，把马儿都累出一身大汗。然后，我们跑回那个红叶镇，冲进那两个混蛋的家里。我找到了熏香，气得不得了，我说：'箫剑！我要用他们的鼻孔当香炉，插上这些熏香，好好地熏他们一下！'箫剑就说：'好！七个人的东西还给七个人……'"

"啊？什么七个人？你们正好是七个吗？"晴儿听不懂。

"以其人之道还治其人之身！"紫薇笑着接话。

"对对对！就是这句！然后，箫剑一声大吼，就把那个混蛋抓了起来，倒着提起来。我就用熏香往他们鼻孔里一插，点着了香，他们两个就开始打喷嚏！"小燕子大笑，"哈哈哈哈！你们没有看到那个样子，实在太好笑，太过瘾了！我大喊：'你如果再敢打喷嚏，我就把你的鼻子割掉！'他们吓得一面忍住喷嚏，一面喊：'女王饶命！女王饶命！'"

"啊？啊？好精彩啊！好好听啊！"宫女和太监们惊呼着。

晴儿听得出神了。

然后，小燕子开始说另外一段：

"那时候，我们正在卖艺，敌人突然出现，箫剑大喊一声：'尔康，你带着紫薇回四合院，我和永琪保护小燕子！'就带着我，翻进了一个染布工厂，谁知，那些追兵也追进染布工厂！我看到是那个用渔网网我的李大人，气得不得了，就一拳把一个追兵打进了染缸里，当场把他染成了绿人！箫剑和永琪全面配合我，我们就把追兵，一个个全染成花花绿绿的，最后，箫剑一踹，把李大人也踹进染缸，染成了红人！"

众人听得又是惊呼不断。

月明星稀，夜色已深，小燕子才说到最重要的一段：

"箫剑、永琪、尔康三个人，就不知道为什么，自己和自己打了一个乱七八糟，把我急死了！当时，永琪一剑刺过去，尔康拉住箫剑，不许他还手，箫剑手臂上就被划了一道口子！箫剑大吼一声：'永琪！你这个混蛋！你以为我打不过你吗？要拼命，是不是？那么，我拼给你看！'就拿着那把箫，对着永琪打过去，我眼看永琪一定会受伤，就跳进去挡

着，箫剑怕我被伤到，只好不打了，把我抱着跳出去。永琪
好生气，大叫'男人和女人瘦瘦的不行'……"

"男女授受不亲！"紫薇笑着更正。

"对！就是这句话！这下，把箫剑逼出一句话来！他说：
'永琪，你不要发疯了！小燕子是我的亲生妹妹！'"

小燕子说到这儿，众人个个睁大眼睛，听得傻住了。

"啊？什么？什么？真的呀？"

晴儿听得如醉如痴，简直不敢相信，问：

"箫剑是你哥哥？这太稀奇了！哪有这么巧，一个帮助你
们逃亡的侠客，居然会是你的亲生哥哥？"

"其实，箫剑从一开始就在布棋，他是个好聪明、好高明
的人！"紫薇忍不住也要说故事了，"这段，就要我来讲，你
才听得明白了！整个故事，是从一首诗开始，那首诗是这样
的：'一箫一剑走江湖，千古情愁酒一壶！两脚踏翻尘世路，
以天为盖地为庐！'"

"好诗！"晴儿脱口惊呼，眼睛睁得大大的，听得完全忘
我了。

结果，漱芳斋里，没有一个人要睡觉，大家说故事，竟
然说了一整夜。

四个出走的年轻人，全部回来了。这件事当然震动了整
个皇宫，坤宁宫也不例外。容嬷嬷得到消息，立刻匆匆进房，
告诉了皇后：

"皇后娘娘，奴婢刚刚得到消息，皇上把那两个丫头接回
来了！亲自送到漱芳斋，还给了好多赏赐！五阿哥和福大爷

也跟着回来了，他们个个都是好好的，没缺胳膊也没断腿！"

皇后眼睛一瞪，咬牙说："巴朗这个死奴才！一点用都没有，气死我了！这么一来，她们两个岂不是更神气了？皇上亲自去接回来，亲自送到漱芳斋！这种荣宠，从来没有任何格格得到过！"她看着容嬷嬷，又急急问道："老佛爷那儿呢？老佛爷怎么表示呢？"

"听说，他们四个已经去慈宁宫报到了，皇上陪着，老佛爷什么话都不敢说，反而安慰了他们几句！看样子，老佛爷拗不过皇上，已经认输了！"

皇后大受打击，踉跄一退，倒进一张椅子里，脸色苍白，眼神昏乱。事实上，皇后最近的日子很不好过，自从乾隆上次来坤宁宫大发脾气，甚至要带走永璜之后，皇后的情绪就崩落到了谷底，每天都精神恍惚，疑神疑鬼。大概自己也做了许多亏心事，难免做贼心虚，夜不安枕，弄得整个人面黄肌瘦，形销骨立。

"连老佛爷都认输了，我还能不认输吗？"她喃喃地说，声音颤抖着。

容嬷嬷俯下身子，怜惜地握住她的手，说：

"娘娘不要伤心，咱们振作起来，日子还长着呢！"

"容嬷嬷，不要再安慰我了，日子不长！青春就这么短暂，一眨眼就过去了！"皇后伤痛地说，"转眼间，东宫已经成了冷宫！这个'坤宁宫'，真的好冷好冷！我的四周，除了一个你，都是敌人！看到的，都是仇恨的眼睛！"说着，就神经质地四面张望："你看你看，四面都是仇恨的眼睛，连墙上都有！"

容嬷嬷好难过，痛楚地说：

"娘娘！你把情绪放轻松一点，不要胡思乱想啊！振作一点，你还有十二阿哥呢！"

十二阿哥！十二阿哥！唯一的十二阿哥，仅有的十二阿哥！可是，这个十二阿哥，真的属于她吗？了解她吗？要她吗？她忽然站了起来，惶恐地四面找寻。

"永璂呢？永璂呢？"她一把握住容嬷嬷的手腕，紧张地说，"容嬷嬷！永璂在哪儿？皇上把永璂带走了！"就向房里冲去，大喊："永璂！永璂……"

容嬷嬷急忙拉住她，急切地说："娘娘不要紧张，永璂没有被带走！他在！他在！奴才去帮你找来！"就对厅外的宫女嚷道："快去把十二阿哥带来！"

"是！"

宫女奔进房里，去找永璂。皇后情绪紊乱，紧张地、害怕地、四面张望着说：

"容嬷嬷！你知道的，我都是为了永璂，可是，那孩子说，他恨我！永璂怎么可以恨我呢？一个人的爱，怎么会换来恨呢？我对皇上那么尽心尽力，但是，皇上恨我！我对永璂这样拼死拼活，永璂也恨我……"

容嬷嬷看着皇后，听到她语无伦次，知道她的失意已经堆积如山，快要把她压垮了。容嬷嬷顿时心痛如绞，抱住皇后，痛喊道：

"娘娘！十二阿哥还小，说的都是孩子话，你怎么可以认真呢？如果十二阿哥真的恨你，那天，皇上要带走他的时候，他怎么会抱住你不放呢？"

"是啊！是啊……他要我，他还是要我的……"

正说着，永璂被奶娘陪伴着，急冲冲地走进来。

"皇后娘娘吉祥！十二阿哥来了！"奶娘说。

皇后放开容嬷嬷，对永璂喊着："永璂！永璂……"她一下子就扑了过去，把永璂紧紧地抱在怀中。

"皇额娘！你抱得好紧，我不能透气了！"永璂莫名其妙地说。

"永璂，你不会离开我，是不是？是不是？"皇后颤声地问，神经质地抱着永璂。

"是啊！我要跟着你！"永璂有些明白了，对皇后温柔地说道，"皇额娘放心，皇阿玛已经答应我，不会把我带走了！"

皇后的眼泪夺眶而出，紧拥着永璂，哭着说：

"永璂啊！谢谢你不离开我，谢谢你还要我！你的额娘一生要强好胜，却什么都没有了，只有你！只有你……"

此时此刻的皇后，卸去了那层坚强的外衣，真是脆弱极了。

容嬷嬷在一边看着，眼泪扑簌簌地滚落下来。

第十章

坤宁宫里，一片落寞。漱芳斋里，却是一片温馨。

尔康和永琪，经过了一番"大逃亡"的日子，早已习惯朝朝暮暮都有紫薇和小燕子相伴的生活。所以，也顾不得宫里的规矩不规矩，一早就到漱芳斋来探视两位格格。紫薇看到他们两个来了，就提议大家一起去坤宁宫"请安"。

"什么？给皇后请安？我看你免了吧！皇上只要你去给老佛爷请安，并没有要你去给皇后请安，你就当她不存在，别惹麻烦了！"尔康说。

"可是……那样不好！皇后毕竟是国母，是这个皇宫里非常重要的人，我们回来了，好歹要去报告一下，不能当她不存在，因为她是'存在'的！"紫薇很识大体地说。

"我不去！我反正不去！"小燕子激动地嚷，"那个皇后，是我头一号的敌人！我恨不得把她'喊咻咔嚓'，你还要去'请安'，你有没有搞错？"

"我没有搞错！我们以后都希望在宫里平安无事，是不是？那……我们就一定要'化力气为糨糊'！否则，我们的日子还是会很难过！再说……我们毕竟是晚辈，晚辈给长辈请安，是一种基本的礼貌，皇后对我们用手段，是她的错，我们无视她的存在，就是我们的错了！"

"紫薇的话有道理。"永琪沉思地说，"现在，整个皇宫都知道，皇阿玛亲自去南阳，把我们几个接回宫来！我看，大家都不会再和我们作对了！连老佛爷，都已经放我们一马了，皇后已经是'独木不成林'，我们礼貌一下，总没错！"

"我没有那么好的修养！"小燕不服气地喊，"管她是'有毒的木头'也好，是'没毒的树林'也好，我都不要理她！"

几个人正在争执中，外面传来太监大声的通报：

"皇上驾到！"

小燕子轻松地挥挥手：

"不理他！不理他！是小骗子……"

小燕子一句话没说完，乾隆已经大步走进来，声如洪钟地嚷着：

"什么？不理朕？还说朕是小骗子？"

大家吓了一跳，这才知道乾隆真的来了，急忙行礼。叫皇阿玛的叫皇阿玛，叫皇上的叫皇上。乾隆看着大家，好脾气地笑着：

"大家都睡好了吗？你们在商量什么？"

"回皇上，大家在研究，是不是应该去坤宁宫，给皇后娘娘请安。"尔康说。

乾隆一怔，想了想，说：

"难得你们大家还有这种胸襟气度……也好，家和万事兴！你们回来了，朕心里非常高兴，许多事，就让它过去吧！如果你们要去，朕陪你们一起去！免得你们受气！"

乾隆就带头朝门外走去，众人急忙跟随。小燕子没辙了，只好跟着出门去。

大家走到坤宁宫外，尔康忽然看到一个太监，正在坤宁宫门外探头探脑。他觉得眼熟，再一细看，突然一惊，赶紧推推永琪：

"永琪！你看那个太监，是不是在洛阳城外，对我们痛下杀手的人？"

"就是他！"永琪惊喊。

那个太监不是别人，正是皇后的杀手巴朗。这时，巴朗发现乾隆、尔康、永琪等人走近，急忙想溜，头一低，往花园深处蹿去。尔康大叫：

"站住！你还要往哪儿跑？"

巴朗一看情形不对，拔腿就跑。

尔康立即飞身而起，拔脚就追。一面追，一面喊：

"永琪！我们不要再放过了他！追！"

永琪也飞身而起，两人去包抄巴朗。

"干什么？他们去追谁？"乾隆困惑地问。

小燕子一看，兴奋得不得了，喊道：

"皇阿玛！这个人，曾经在洛阳城外面追杀我们，口口声声说是奉了皇阿玛的命令，要取我们的'脑袋'去'复命'！

带了好多杀手，刀刀要我们的命！还说，皇阿玛说的，对我们要'杀无赦'！结果，尔康被砍了两刀，血流了满地，差点死掉了！永琪也挨了一刀……大家被他们打得好惨……"

"有这种事？"

小燕子已经熬不住了，喊着："我也要去抓他！"就要飞身而起。

紫薇急忙拉住了她，紧紧地不放。

"你不要去搅和，帮倒忙了！他们两个打一个，一定会抓到，你去，他们又要保护你，待会儿再把敌人放走了！不要去！"

乾隆立即大喊：

"来人呀！来人呀！抓刺客！快！"

侍卫纷纷涌到，长剑一一出鞘。

乾隆指着打成一团的巴朗和尔康、永琪：

"快去围堵起来，不要放那个刺客逃走！赶快帮五阿哥和尔康的忙！把那个太监给朕抓过来！"

"喳！"

立即，巴朗陷进了重重包围。他一个人，哪里是这么多人的对手。何况，尔康和永琪这次不是在郊外，也无须保护紫薇和小燕子，两人放手地打，打得巴朗连还手的余地都没有。片刻以后，巴朗就被两人打倒在地。

众侍卫一拥而上，用绳子把巴朗绑了一个结结实实，掷到乾隆面前来。

乾隆怒喝一声：

"你是谁？奉了谁的命令对格格和五阿哥下杀手？快说！"

巴朗见乾隆气势汹汹，不禁害怕，挣扎着说道：

"小人巴朗，奉命行事，请皇上明察！"

"奉谁的命？"乾隆怒吼。

"奉皇后娘娘的命！要对五阿哥他们四个'斩草除根'！"

"岂有此理！把他押着，朕要找皇后算账！"乾隆大吼。

皇后不在坤宁宫，她听了容嬷嬷的劝，收拾起残破的心情，去慈宁宫请安了。

乾隆在坤宁宫找不到皇后，就让侍卫提着巴朗，带着紫薇、小燕子、尔康、永琪，一行人赶到慈宁宫。乾隆中气十足地喊道：

"老佛爷，听说皇后在这儿，朕马上要跟她对质！让她赶快出来！"

太后惊愕地走了出来，后面，跟着皇后、容嬷嬷、晴儿。

"什么事？什么事？一清早就大呼小叫的？"太后问，忽然看到地上有个衣裳带血迹的人，大惊，"这是怎么回事？"

皇后和容嬷嬷惊见巴朗五花大绑地跪在地上，两人立刻脸色惨白。皇后觉得事态严重，顿时眼前一黑，差点摔倒，容嬷嬷急忙扶住。

乾隆瞪着皇后，目眦尽裂：

"皇后！朕问你，这个人，是你的杀手吗？你派了他，一路去追杀永琪他们，还假传圣旨，说朕要'杀无赦'，是吗？"

皇后战栗着一退：

"臣妾不认得他！不知道他是谁。"

巴朗一听，皇后要赖账了，这下又急又气，大喊道：

"皇后娘娘！天地良心！奴才可是奉了娘娘的命令去做事，娘娘怎么可以说不认识奴才呢？"

"你是谁？为什么要害我……"皇后硬着头皮说。

"皇后娘娘！奴才是巴朗啊！"巴朗惊喊。

"巴朗……巴朗……臣妾没有听过这个名字……皇上请明察！"

巴朗眼看死到临头，皇后居然不伸援手，气极了，喊：

"皇后娘娘！奴才为你拼命，帮你做事！今天，你居然不救奴才，还说不认识奴才？我真是瞎了眼，跟错了主子！难道你忘了，上次让奴才买通高远、高达，把布娃娃放在漱芳斋床垫底下的事？如果你忘了，你总记得派奴才到济南，买通紫薇格格的舅公、舅婆，还有那个产婆的事？如果你都忘了，奴才请求和高远、高达对质！奴才也请求和舅公、舅婆对质……"

巴朗还没说完，皇后就颤抖着身子，摇摇欲坠地后退着。

紫薇、小燕子、尔康、永琪听到这些话，都又是震动，又是恍然大悟。

"我……我……"皇后颤声低语，"我和你无冤无仇，你为什么要……要这么说……这……这是陷害……陷害……"

太后再也没有料到有这种事，震动得不得了，凝视皇后，又惊又悲又怒地说：

"皇后！我是多么信任你，多么支持你，你居然布下这么多的陷阱，去陷害紫薇和小燕子！你利用我的信任和宠爱，把我也陷进不仁不义里！你真是太可恨了！"

皇后被太后这样愤怒和沉痛的眼光打倒了，再退一步，脸色如死灰。

乾隆就对侍卫喊道：

"先把这个巴朗拉下去，关起来！立刻传高远、高达来跟他对质！"

"喳！"

几个侍卫就把巴朗拖了下去。巴朗一路喊着：

"皇后娘娘！你要为奴才做主呀！皇后娘娘……奴才帮你做了多少事，你再想一想……你再想一想……"

乾隆越听越气，浑身发抖，指着皇后，痛骂道：

"你是朕的皇后，居然这样心狠手辣！你一次又一次地陷害紫薇和小燕子，害得朕误会了雨荷，差点失去一个好女儿！为了那个布娃娃，严刑拷打紫薇，又差点要了紫薇的命！现在真相大白了，你还不知道忏悔，还在这儿狡赖！朕不杀你，实在难消心头之恨！来人呀！给朕把皇后绑起来！立刻推出去斩了！"

这时，永璂从屋子里面飞奔而出，直扑到乾隆脚前，一跪落地。

"皇阿玛！请你开恩，不要杀我的额娘！"永璂就抱住了乾隆的腿，哭喊，"求求你，不要杀我的额娘呀……"

乾隆一惊：

"怎么永璂也在这儿？奶娘呢？还不带下去！"

奶娘急忙上前来拉永璂，永璂哪儿肯走，一反身，扑向皇后，痛哭着喊：

"皇额娘……皇额娘……"

皇后至此，万念俱灰，知道自己走到绝境了，抱着永瑆，滑落于地，痛哭失声。

紫薇、小燕子、尔康、永琪都是一脸的震撼。

容嬷嬷看着哭成一团的皇后和十二阿哥，看着声色俱厉的乾隆，看着脸色铁青的太后，她知道皇后最后的支撑也垮了，这一次是再也逃不掉了。容嬷嬷眼泪一掉，挺身而出，往乾隆面前一跪，热泪盈眶地说：

"皇上！这所有的事，都是奴婢一手安排的，和皇后娘娘没有关系！娘娘完全蒙在鼓里，是奴婢和两位格格结仇，心存怨恨，所以想尽办法，要除去两位格格！所有的坏事，全是奴婢一手造成！请皇上明察，不要冤枉了皇后娘娘！皇上，请杀了奴才，饶了娘娘吧！"

乾隆瞪着容嬷嬷，恨极地对她一脚踢去。

"容嬷嬷！你以为朕还会放掉你吗？你的脑袋，朕早就要摘掉了！为了皇后，把你保留到今天！谁知你完全不知悔改，一再兴风作浪！可恶到了极点！现在，朕就成全了你，先杀你，再杀皇后！"就对侍卫怒吼道，"把容嬷嬷拉下去！马上斩了！立刻执行！"

"喳！奴才遵命！"侍卫就上前来拉容嬷嬷。

容嬷嬷满脸泪水，对侍卫说道："请让我给主子磕一个头再去！"她就膝行到皇后面前，恭恭敬敬地磕下头去，哽咽地、不舍地说："娘娘！奴婢不能再服侍您了，对不起，奴婢先走一步！"

皇后崩溃了，扑上前去，抓住了容嬷嬷，痛喊道："皇上！请开恩！皇上，请开恩……皇上！臣妾给您磕头了……"跪在乾隆面前，磕头如捣蒜，嘴里不住地喊着："皇上……皇上……皇上……"

永璂看到亲娘如此，也过来和皇后一起跪下，哭道：

"皇阿玛，你为什么一直要砍人的头啊？你饶了容嬷嬷吧……"

容嬷嬷看到皇后如此，永璂也是如此，不禁抱着皇后和永璂，泪如雨下，边哭边说：

"娘娘保重，十二阿哥保重！容嬷嬷来生再来服侍你们……你们对奴婢的好，值得奴婢粉身碎骨了！"

三人哭成一团，场面实在凄厉。乾隆就怒喊道：

"还耽搁什么？把容嬷嬷拉下去！"

侍卫就拖着容嬷嬷下去。皇后的手紧握着容嬷嬷不放，终于，仍然被拉开了。容嬷嬷在地上拖着，一路拖出去，依然老泪纵横地看着皇后和永璂，不断地喊着：

"娘娘保重……十二阿哥保重……娘娘保重……十二阿哥保重……"

皇后已经没有皇后的形象，爬在地上追。哭喊着：

"容嬷嬷！容嬷嬷……回来，回来啊……"

紫薇看到这儿，不知怎的，竟然泪盈于眶。再也忍不住了，含泪往前一站，喊：

"等一下！"

侍卫停住，紫薇就奔到乾隆面前，直挺挺地一跪，仰着头说：

"皇阿玛！请开恩！容嬷嬷虽然有许多过错，可是，对主子一片忠心，让人感动！请看在十二阿哥的分儿上，饶了容嬷嬷吧！如果十二阿哥的力量还不够，请看在紫薇面子上，饶了她吧！"

乾隆震惊地看着紫薇，说：

"紫薇，这个居心不良的老贼，把你害得那么惨！又是布娃娃，又是舅公、舅婆做伪证，还要一路去追杀你们！简直不除掉你们，誓不甘心！你们在这样的大阴谋下，能够存活，是你们的命大！现在，你已经知道真相，还要朕饶了容嬷嬷？你不怕她下次把你生吞活剥了？"

"皇阿玛！"紫薇含泪说，"我这一路逃亡，得到最大的收获，是了解了一件事！人生，最大的美德，是'饶恕'！皇阿玛，在这世界上，有人背负着比我深重多少倍的仇恨，都能一笑置之！我深深觉得，只有'饶恕'，才能'化戾气为祥和'！皇阿玛，如果你希望有一个安详和乐的家庭，就'饶恕'吧！"

尔康、小燕子、永琪都震动地看着紫薇。尔康和紫薇心念相通，想着的是萧剑。如果萧剑能把杀父之仇咽下去，化干戈为玉帛，人生，还有什么仇恨是化解不开的呢？在这个时候，萧剑那种胸襟气度，就深深地影响了他，感动了他。他就忍不住，也走上前去，跪在紫薇身边，说：

"皇上！紫薇说得对极了，人生，最大的美德是饶恕！臣和紫薇，都深深了解这一点，也被别人的饶恕精神感动着！让我们把这种精神发扬光大吧！请皇上看在紫薇的不计前嫌上，饶恕容嬷嬷吧！"

晴儿满眼都是泪水，好感动地看着紫薇和尔康。

太后震惊极了，直到这时，才体会到乾隆为什么那么宠爱紫薇了。她凝视着紫薇，一时间，觉得她的光彩，炫耀了整个房间。

"不行！"乾隆坚持着，怒不可遏，"容嬷嬷犯下的大罪，十个脑袋也不够！怎么能够饶恕？"说着，就大喊："不要再拖拖拉拉了！耽误什么？谁都不许再说情！拉下去！朕不只要斩容嬷嬷！朕还要斩皇后！两个人，谁也逃不掉！"

"遵命！"

侍卫又拉着容嬷嬷，往门外拖去。皇后知道救不了，痛喊着，哭着：

"容嬷嬷！你先到黄泉下等着我，我跟着来了……"

"皇后保重，皇后保重……"容嬷嬷又一迭连声地喊了起来。

紫薇看到乾隆不为所动，急忙从身上拿出金牌令箭，放到乾隆面前。

"皇阿玛！我用金牌令箭，求你免除容嬷嬷一死！"

乾隆看到金牌令箭，大大地震动了，惊喊：

"紫薇！"

紫薇拿起金牌，再放到皇后身上，说：

"第一次的权利，请饶容嬷嬷一死！第二次的权利，请饶皇后娘娘一死!"

每个人都瞪大了眼睛,看着那金牌。乾隆哑声地喊:

"紫薇! 你只有三次机会,你要这样把它都用掉吗?"

紫薇握着金牌,磕下头去,说:

"皇阿玛给我的特权,不会收回吧!"

小燕子看到紫薇如此,太感动了。她一生有仇必报,这时,居然被紫薇同化了。她竟然走了过来,跪在紫薇身边,说:"皇阿玛! 你知道我是'有仇必报'的人! 可是,看到紫薇这样做,我好感动! 容嬷嬷是我在宫里最大的仇人,我恨死了她! 但是,紫薇说,最大的美德是'饶恕',我一直闯祸,什么都做不好,我也好想有一点'美德'……如果紫薇的一道金牌不够……我还有,我还有……"说着,就去掏金牌。

"好了! 好了! 不要再拿金牌了!"乾隆急喊。

永琪见紫薇等三个人都跪下了,心里热烘烘的,决定和大家一致行动,就也一迈步,跪在小燕子身边,说道:

"皇阿玛,不管容嬷嬷对我们几个做了什么,总算老天一直在照顾着我们,我们回来了,什么都没有损失! 而且,因为这一次的出走,使我们对皇阿玛有了更深的了解,使我们父子和父女间,变得更加紧密! 对我们大家,都可以说因祸得福了! 在这个团圆的时刻,请不要让砍头的阴影,来破坏了大家团聚的心情吧!"

尔康点头说:

"五阿哥说得对! 皇上! 容嬷嬷是宫里的老嬷嬷,她的一生,都献给这个皇宫了! 如果她能痛改前非,重新做人,不是比砍掉脑袋，更有价值吗？"

乾隆震惊地看着四人，简直不知道怎么办才好。

太后到底是念佛的人，心存仁厚，这时，已经感动至深，就上前一步，说道："皇帝！难得几个孩子，都这样善良，这样厚道，真是……阿弥陀佛！祖上积德呀！我太感动了！"然后大声地问："容嬷嬷！你知道悔改没有？"

容嬷嬷没料到此时此刻，还有转机，而且是紫薇等四人说情，真是又惭愧，又感动，又悔恨。一时之间，觉得无地自容了。容嬷嬷这个人，一生为皇后奉献，为了皇后的利益和权力，不择手段，心狠手辣。但是，她曾两度天良发现，痛定思痛。一次是乾隆要把皇后送宗人府，紫薇求情的时候，一次就是现在了。她自知罪不可赦，一心一意，只想营救皇后。她挣扎着对紫薇四人跪好，磕下头去，落泪说：

"奴婢谢谢紫薇格格、还珠格格、五阿哥、福大爷的大恩大德……在奴婢做了这么多的坏事以后，你们还会帮奴婢说情，奴婢来生，一定做牛做马，报答各位！"

容嬷嬷说完，就再度回头，对乾隆磕下头去，含泪地、勇敢地说：

"容嬷嬷自知罪该万死，没有任何赦免的理由，请皇上处死了奴婢，饶了皇后娘娘！容嬷嬷是个奴才，死不足惜，皇后娘娘是万岁爷的枕边人啊！"

乾隆看着容嬷嬷，心里的恨，实在难消。但是，紫薇等人的宽容，又实在让他震撼。何况有金牌令箭，不禁为难，陷在矛盾中。太后含泪说道：

"皇帝！得饶人处且饶人吧！"

乾隆就决定了，大喝了一声："容嬷嬷！今天，紫薇他们帮你说情，请出了朕的金牌令箭，让朕不得不饶你一死！但是，你罪大恶极，死罪能逃，活罪难免！"然后大喊："来人呀！把她拖到院子里，打她一百大板！"

"喳！"侍卫高声应着，拖着容嬷嬷就走。

众人大惊。容嬷嬷已被侍卫拖出门去。

皇后爬起身来，急追出去。大家一看情形不对，也全部站起身来，跟着跑出去。

到了院子里，就有太监们扛着板凳，往地上一搁。几个侍卫，拉着容嬷嬷往板凳上一按。另外两个太监，高高地举起板子，等待皇上最后的吩咐。

容嬷嬷扑在板凳上，所有的嚣张跋扈，都已消失无踪，一脸的惨然和认命。

皇后奔到板凳前，伸手一拦，哀声喊道：

"皇上！请手下留情！容嬷嬷年纪已老，别说一百大板，就是五十大板，她也承受不了呀！皇上既然饶她不死，就请再发慈悲吧！"

乾隆震怒地看着，一脸的不为所动。

紫薇、小燕子、永琪、尔康站在一旁，见乾隆恨极的样子，知道乾隆存心要置容嬷嬷于死地，不禁都呆住了。

太后和晴儿看着这样的乾隆，也不敢说话了。

奶娘和几个宫女，急忙拖着永琪离去。永琪哪儿肯走，挣脱了奶娘，没命地冲上前来，喊道：

"皇阿玛！你饶了皇额娘，饶了容嬷嬷吧！皇阿玛……"

乾隆回头看到永璂，更怒，大吼：

"奶娘！赶快把十二阿哥送到令妃娘娘那儿去！以后，他是令妃的儿子了！"

皇后大震，回头看永璂。只见奶娘和几个嬷嬷，拉着永璂就走。永璂惨烈地喊：

"皇额娘！皇额娘！皇额娘……"

皇后不自禁地跟着永璂跑了两步，泪流满面，哭着喊：

"永璂……永璂……"

乾隆对着两个拿板子的太监一声大吼：

"快打！还耽搁什么？打！重重地打！打……"

板子噼里啪啦地打了下去。

皇后一看，顾不得永璂，又折回容嬷嬷身边。一下看容嬷嬷，一下看永璂，左右为难，心碎肠断了。永璂就一面喊着，一面被带走了。

太监大声地数着数：

"一！二！三！四！五……"

板子又重又狠地落了下去，容嬷嬷先还忍着，实在忍不住，开始痛喊出声：

"皇上！请砍了奴才的头！奴才宁愿砍头……实在受不了这种板子呀……娘娘，救救奴才吧！哎哟……哎哟……哎哟……"

板子继续打下。

"六！七！八！九！十……"

"哎哟……哎哟……万岁爷开恩啊……让奴才干干脆脆地死吧!"容嬷嬷痛极了,哀求起来,"紫薇格格,还珠格格……对不起,奴才错了……请帮奴才求情啊……"

皇后泪流满面,看到容嬷嬷如此,什么都顾不得了,扑了上去,整个身子压在容嬷嬷身上,挡住板子,痛哭道:

"皇上!臣妾一错再错,罪不可赦!请皇上把臣妾和容嬷嬷一起问斩,不要再打了!容嬷嬷为臣妾奉献了一生,黄泉路上,让臣妾跟她去做伴!请不要再打了,还是赐死吧!"

太监看到皇后亲自来挡,赶快停住了板子。

容嬷嬷见皇后亲自来挡,更是泪流满面了,啜泣喊道:

"皇后!皇后……我的娘娘啊!奴婢害死你了……"

紫薇再也忍不住了,急冲到乾隆面前问:

"皇阿玛!那个金牌可以免除死罪,能不能免除杖刑?"

乾隆一拂袖子,大声说:

"不行!你不要再把金牌请出来!这个奴才心肠歹毒,朕非惩罚她不可!她怎么值得你一而再、再而三地用金牌!你不要侮辱朕的金牌令箭了!把皇后拉开!再打!"

太监们就去拉皇后。皇后凄厉地喊着:

"皇上!请开恩……皇上!请开恩……"

紫薇急忙拉住乾隆,哀恳地看着乾隆,说道:

"皇阿玛!我不能用金牌令箭,那么,再打以前,我可不可以念一首诗给你听?"

"念诗?这种时候,你要念诗?"乾隆惊愕地瞪着紫薇。

"是!听完我的诗,再打不迟!"

所有的人都惊看紫薇，不知她葫芦里卖的是什么药。

"好！"乾隆好奇起来，"你念！念诗也救不了这个老刁奴！"

紫薇就抬着头，清脆而哀婉地念起诗来：

"月移西楼更鼓罢，渔夫收网转回家！雨过天晴何需伞，铁匠熄灯正喝茶。樵夫担柴早下山，猎户唤狗收猎叉。美人下了秋千架，油郎改行谋生涯！人老不堪棒槌苦，祈求皇上饶恕她！"

乾隆怔着，一时之间，还不曾会意。

尔康已经明白了，忍不住走上前来，对乾隆拱手说道：

"皇上！紫薇连续说了八个'不打'！皇上就饶了容嬷嬷吧！"

"八个'不打'？"乾隆困惑地问。

"正是！"尔康解释说，"月移西楼更鼓罢，是'不打更'，渔夫收网转回家，是'不打鱼'，雨过天晴何需伞，是'不打伞'，铁匠熄灯正喝茶，是'不打铁'，樵夫担柴早下山，是'不打柴'，猎户唤狗收猎叉，是'不打猎'，美人下了秋千架，是'不打秋千'，油郎改行谋生涯，是'不打油'！"

乾隆恍然大悟，看看尔康，再看紫薇。

晴儿听着看着，叹为观止，也走上前来，对乾隆屈了屈膝，诚挚地喊道：

"皇上！金牌令箭再加一首'不打诗'，皇上就算不被紫薇的诚恳和善良感动，也该被她的机智和才情感动吧！请皇上也'月移西楼'，'雨过天晴'吧！好不好？"

"皇阿玛!"永琪跟着说,"已经打了十板,对容嬷嬷这个年龄来说,惩罚得足够了!"

小燕子也开口了:

"皇阿玛,大家都求你,那……你就算了嘛!不要那么残忍嘛!"

乾隆看看众人,大大一叹,甩甩袖子说:"罢了罢了!朕输给这些孩子了!"就喊道:"停止吧!不要打了!免得到了最后,朕还落了一个'残忍'!容嬷嬷,你这条烂命,我暂时留着!下次,你再犯毛病,我把你碎尸万段!到时候,就算十个金牌、一万首'不打诗',也救不了你!"

容嬷嬷滚下了凳子,爬行到乾隆面前,磕下头去,老泪纵横地说:"奴婢知错了,奴婢从此洗心革面,重新做人!"说完,又爬行到紫薇面前,匍匐于地,泪不可止,哽咽地说道:"紫薇格格,奴婢谢格格不杀之恩……谢谢……谢谢……谢谢……谢谢……"再对尔康、永琪、小燕子、晴儿磕头不止:"你们大人不计小人过,奴婢……给你们磕头了!"

乾隆瞪着皇后,余怒未息地命令:

"你们主仆二人,回到坤宁宫去闭门思过吧!"

"臣妾遵命!"皇后低声下气地说。

皇后就走了过来,扶起容嬷嬷。主仆二人,就一边拭泪,一边彼此搀扶着,蹒跚地、颠踬地向坤宁宫走去。

大家看着皇后和容嬷嬷的背影,都不知道是悲是喜,全部怔怔地出神了。

第十一章

乾隆虽然饶了皇后和容嬷嬷，但是，心里的余怒未息。这晚，他在延禧宫，看到哭哭啼啼的永璂，就更加按捺不住自己的火气，他对永璂气冲冲地说：

"你不要再闹小孩脾气了！从今天起，你的童年结束了！你要学着做一个'大人'！谁叫你娘这么不争气，你只好去承担！担得下来，你会成为一个忍辱负重的男子汉，担不下来，你就永远是个长不大的奶娃娃！所以，擦干眼泪，不许再哭了！朕最不喜欢看到男孩子掉眼泪！"

永璂怯怯地看看乾隆，看看令妃，忍着泪，吞吞吐吐地说：

"可是……我想回到坤宁宫去，我要去看看我额娘……"

"不要再提你额娘！"乾隆吼着，"你那个额娘，等于已经死了，以后，令妃娘娘就是你娘！你认清楚！"

永璂眨着大眼，委屈地瘪着嘴，不敢哭。

"可是……可是……"

"不要再说'可是'了!"乾隆大声地一吼。

永琪吓得一颤。令妃急忙上前打圆场,拉着永琪的手说:"好了好了,十二阿哥跟皇阿玛说,都听皇阿玛的话!在我这儿,也很好呀!有七格格和九格格跟你玩,还有一个小阿哥。我这儿人多,比坤宁宫热闹多了!"就回头喊:"快拿点心来给十二阿哥吃!"

"是!"

宫女们端着盘子,将各色点心、糖果捧上桌。永琪看着糖果,眼中依旧泪汪汪。

"可是……"

"说了不许说'可是',为什么还要说?"乾隆怒喊。

永琪一吓,"哇"的一声,就哭了。

乾隆气得不得了,在室内走来走去。

"说了不许哭!还哭!还哭!"

令妃面对这样的永琪,也有一些不知所措。

正在这时,外面传来太监大声的通报:

"紫薇格格到!晴格格到!"

只见紫薇和晴儿联袂而来。令妃眼睛一亮,如见救兵。

"皇阿玛吉祥!令妃娘娘吉祥!"紫薇行礼如仪。

"皇上吉祥!令妃娘娘吉祥!"晴儿也忙着行礼。

"来得正好!来得正好!"令妃急忙喊,"紫薇,赶快劝劝你皇阿玛,正在这儿和十二阿哥生气呢!十二阿哥吵着要娘,我简直不知道该怎么办好!"

乾隆看着紫薇，知道她一定有话要说，就沉声问：

"紫薇！你已经表演了一首'不打诗'，现在，你是不是为了十二阿哥而来？你还有什么诗要念吗？"

"是！我有两句诗要念！"紫薇勇敢地看着他，真的念起诗来，"母别子，子别母，白日无光哭声苦！"

"这首诗用得不当！"乾隆生气地说，"朕让他们母子分开，是为了永璂的前途！跟着那样的娘，学的全是钩心斗角，看到的全是阴谋诡计！耳濡目染，将来长大了，会变成什么样？"

"皇上！"晴儿屈了屈膝，"老佛爷派我过来，要为皇后娘娘求个情，也为十二阿哥求个情！今天，皇后娘娘是真的得到教训了！老佛爷说，她愿意负起监督的责任，看着十二阿哥长大！请皇上把十二阿哥还给皇后娘娘吧！"

"哼！只怕江山易改，本性难移！"乾隆一拂袖子。

紫薇就上前，挽住了他的手，微笑地说：

"可是……皇阿玛也不能让令妃娘娘背这样大的责任呀，这太不公平了！"

"怎么说？"

"你让令妃娘娘怎么做人嘛！"紫薇看着乾隆，"十二阿哥是皇后娘娘的儿子，多少眼睛看着，打不得，骂不得，管不得！人人会说话！稍有疏失，宫里的口水都会把娘娘淹死！再说，娘娘已经很忙了，七格格才八岁，九格格才六岁，小阿哥才一岁……她自己的儿女都忙不过来了，你又给她加一个，她怎么带呢？"

乾隆愣住了，看看令妃。令妃呼出一大口气来，如释重负：

"唉！这个紫薇，可真说到我心坎里了！皇上，要臣妾带十二阿哥，是臣妾的光荣，可是……就像紫薇说的，臣妾也有许多不便之处！何况，十二阿哥这样思念着亲娘，臣妾接手，只怕无论如何，不能取代亲娘的地位呀！"

晴儿就接口说：

"皇上！晴儿知道皇上深爱十二阿哥，怕他变坏，怕他不能成为顶天立地的男儿。但是，现在让他离开亲娘，又在这么恶劣的气氛之下，他心里的阴影要怎样除去呢？这样，对他真的好吗？"

紫薇再接口：

"皇阿玛！现在把十二阿哥送还给皇后娘娘，就算皇后娘娘是铁打的心，也会熔化了！皇阿玛何不趁此机会，彻底收了皇后娘娘的心！记得在南阳的时候，皇阿玛一再跟我说，家和万事兴！我为了'家和'而回来，好想和皇后娘娘化干戈为玉帛……皇阿玛，你帮我一个忙，让我做个人情，把十二阿哥送到坤宁宫去好不好？"

乾隆看着紫薇，知道她处处在为大局设想，这样逆来顺受，以德报怨，实在让人不能不满心折服，他一句话都说不出来了。终于，他叹了一口长气，说：

"永璂！你这个紫薇姐姐，说服力太强了！罢了罢了，你记住紫薇姐姐的好，不要忘了！跟她回坤宁宫去吧！"

"谢谢皇阿玛！对于十二阿哥的未来，你大可放心！"紫薇深深地一屈膝，笑着，凝视乾隆，"虎父焉有犬子？"

乾隆笑了。

紫薇和晴儿，就拉着永璂的手出门去了。

坤宁宫里，真是一片愁云惨雾。皇后和容嬷嬷正在相拥而泣。容嬷嬷坐也不是，站也不是，匍匐在椅子上，紧紧攥着皇后的手。皇后心痛地看着她：

"这会儿疼得好些吗？要不要再吃一颗紫金活血丹？"

容嬷嬷满面泪痕，却拼命给皇后擦泪。

"娘娘！奴婢不疼了！你别再心疼奴婢了……我真是担当不起啊！"

皇后看看窗外的夜色，想着永璂，眼泪不停地掉：

"不知道永璂怎样了？这孩子认床，换了床他会睡不着的……"

"娘娘！"容嬷嬷落泪说，"都是奴婢的错……都是奴婢的错……明儿个天一亮，奴婢就去延禧宫，悄悄地看看十二阿哥怎样，缺什么，咱们赶快给送过去……娘娘，我知道你心里有多痛，如果现在，奴婢的脑袋可以换回十二阿哥，奴婢宁愿一死啊！娘娘……我真对不起你……"

皇后泪如雨下，泣不成声。

正在这时，外面陡然传来太监大声的通报：

"紫薇格格到！晴格格到！十二阿哥到！"

皇后和容嬷嬷惊跳起来，简直不敢相信自己的耳朵。皇后惊呼着：

"十二阿哥！我有没有听错？"

"十二阿哥！是十二阿哥！"容嬷嬷喊着。

两人立刻仓皇起立，跌跌冲冲地冲到门口。

房门一开。门外，紫薇和晴儿，一边一个牵着永琪的手。

"皇后娘娘，"紫薇屈了屈膝，温柔地说，"我把十二阿哥从皇阿玛那儿要回来了！你不要伤心了！"

皇后的眼泪，像开闸的洪水，汹涌而出。她张开手臂，把永琪紧紧地，紧紧地抱在怀里。

"皇后娘娘，老佛爷说，要你珍惜现在拥有的，不要再失去了！"晴儿看着皇后，也柔声说。

皇后哽咽着，抬起泪眼，看着紫薇，心里，像烧着一锅沸腾的油，烫得她全身每个毛孔都痛。此时此刻，她对紫薇所有的仇视，全部化成感恩和悔恨。她很想说什么，无奈嘴唇抖动着，什么话都说不出来。

容嬷嬷看到紫薇居然把十二阿哥送回来了，简直恨不得为紫薇而死。以前做过的种种错事，现在，像是几千几万根针，深深地刺在心坎里，说不出的痛，说不出的悔。她对着紫薇和晴儿一跪，老泪纵横，诚心诚意地磕下头去，匍匐在地，泪不可止，也是什么话都说不出来。

出走的孩子回来了，宫里的战争平息了，香妃的事情过去了，皇后也变得谦卑虚心了。太后心里安慰，对紫薇和小燕子这两个"民间格格"，也不能不心悦诚服地接受了。可是，有件心事，一直未了。

这天，她把尔康召进了慈宁宫，决定把心事做个了断。屏退左右，她凝视着尔康，郑重地问：

"尔康，你知不知道我为什么把你找来？"

"臣不明白！"尔康恭敬地回答。

"我特地把晴儿支开，就为了和你谈一点知心话！自从我打五台山回来，就有一肚子的话想跟你说，但是，宫里接二连三地出事，你们几个闹得惊天动地，我这些话就全部压在心底，始终没机会说。现在，已经不能不说了！"

尔康有些惊怔起来，神情一凛。

"不知老佛爷有什么吩咐？"

"我就明说了吧！"太后盯着他，认真地说，"我知道你对紫薇的一片心了，我也终于被你们两个感动了。紫薇这丫头，我看到今天，不得不承认，她的才华、人品，都没话可说！我没办法再挑剔她了！我决定接受她，承认你们的婚姻！但是，我有一个条件！你必须同时接受晴儿！"

尔康大大一震，脸色立刻变了，急喊：

"老佛爷！请三思！"

"我已经三思过了！我想来想去，晴儿这样好的姑娘，不会辱没了你！让你同时拥有她们两个，你也不会吃亏！我相信你不会亏待晴儿，也相信紫薇宽宏大量，不会欺负晴儿！如果你对紫薇有所顾忌，我就亲自去跟她谈！只要她同意了，谅你也不能不同意！"

尔康大急，双手一拱，惶急地说：

"老佛爷！请千万不要去跟紫薇谈！如果老佛爷开口了，紫薇就算有千难万难，也会点头答应！可是，这件事是不对的，我只有一份感情，怎么可能平分给两个人？晴儿不会辱没我，可我会辱没晴儿的！老佛爷，你那么疼晴儿，怎么忍心让她走进一个预见的悲剧里去呢？"

太后不悦地一皱眉头：

"预见的悲剧？这是什么话？我听不懂！"

尔康真挚而恳切地看着太后：

"臣心里只有一个紫薇，再也容纳不下别人！今生今世，愿和紫薇相依相守，共度一生，如果臣对紫薇有二心，会死无葬身之地！"

"你这是什么话？"太后勃然变色，"我这样好好地跟你谈，你居然拒人于千里之外！你不想想……受委屈的不是紫薇，是晴儿呀！"

"如果这样安排，受委屈的是三个人！我，晴儿和紫薇！"尔康激动地说，"老佛爷，紫薇自从进宫，受到的大伤小伤无数，面对的问题重重，她全部用一颗宽容的心来接受，用一种'大爱'的精神来包容！只有这'一夫二妻'，是她不能接受的事，也是我无法接受的事！请您尊重我们两个的意志吧！"

"你怎么知道她不能接受呢？我看她和晴儿投缘得很，两人像姐妹一样！"

"老佛爷！紫薇不是一个神，她是个人，是个女人！她有女人的纤细，有女人的敏感，也有女人的嫉妒和自私！事实上，晴儿也一样！请您不要把紫薇想象得太清高，也不要把晴儿想象得太清高，更不要把我想得'太能干'！我自认没有同时爱两个女人的'能力'！如果我接受了老佛爷的安排，我就太对不起紫薇了！也太对不起晴儿了！我不能这样伤害紫薇！也不能这样伤害晴儿！这样做，紫薇会痛苦，我会左右为难，晴儿会伤心！最后，我们三个都会崩溃，都会毁灭！我们都是聪明人，为什么要做这样一件愚蠢的事呢……"

尔康话没说完，晴儿从里面走了出来，拍着手，大声说：

"尔康！说得好，说得太好了！我为你鼓掌！"

尔康和太后都吃了一惊，尔康就狼狈地看着晴儿，结舌地说：

"晴儿……对不起……我……我……"

"有什么对不起？说得那么有理，让我又是感动，又是佩服！"晴儿坦荡荡地笑着说，转向太后，"老佛爷！您老人家把我支开，就为了要强迫尔康收留我啊？我不是跟您说得清清楚楚了吗？我不要尔康，我不要心里只有紫薇的尔康！如果您一定要把我许给尔康，需要先把紫薇从他心里除去，要不然，就太侮辱我了！今天，就算尔康答应了，我也会拒绝的！尔康说得对极了，这样做，是对我们三个的伤害！尤其，是对我的伤害！因为他们两个毕竟彼此有情，我算哪根葱、哪头蒜呢？"

太后一怔，看着她说：

"晴儿，我知道你有你的骄傲……可是……"

晴儿就上前，把太后拉到一边去，低声说：

"我可不可以去和尔康谈一谈？"

太后愣了愣，以为晴儿要去亲自说服尔康，就点了点头。

晴儿走向尔康，说：

"我们到御花园里走走！"

两人走进花园，晴儿一看没人注意他们，就急促地说：

"老佛爷一意孤行，你可别当成是我的意思，那就让我无地自容了！"

尔康凝视她，对她的感觉真是复杂极了。

"晴儿，如果我有伤到你，希望你不要生气，不要介意，我……我不知道该对你说些什么好，这一年以来，你一次又一次地帮助我们，为我们奋不顾身！你为紫薇做的，为小燕子做的，为我做的，为五阿哥做的……每一件事，点点滴滴，都在我心里！我不是忘恩负义的人，我曾经说过，愿意为你粉身碎骨，只是……"

晴儿抬起清亮的眼睛，坦白地看着他，温柔地打断了他。

"你不要说了！你心里的每句话、每个思想、每种感觉，我都非常了解！自从亲眼目睹你和紫薇的这场爱，我心里充满了感动和震撼！好羡慕你们，也一心一意希望你们幸福！"她笑了笑，很自负地说，"聪明如我，怎么会让自己夹到你们中间，去坐冷板凳呢？那……岂不是太贬低我自己了？难道我不配拥有我的'尔康'吗？"

尔康震动极了，深深地看着她，眼里是真正的折服。

"晴儿！你变了！"

"哦？"

"你不再是跟在老佛爷身边，那个唯唯诺诺的小姑娘，你已经是个有血有肉、有思想的女人了！紫薇说过，你满腹诗书，才气纵横！是埋在冰山下面的火种，外表'清冷孤傲'，内在'热血奔腾'！我想，她分析的你，是最最真切的你！"

晴儿一怔，感动地问：

"她这样说我？"

"是！我们离开了皇宫，常常谈到你！"

晴儿有些震撼，眼里闪耀着光彩，心想，知我者，紫薇也！

"紫薇，她了解我！"她看着尔康，"你和紫薇，是我的知己！我想，我们一直活到白发苍苍的时候，依然可以在一起赏雪看月亮，我才不要破坏这种美好的关系！所以，不要把老佛爷的提议放在心上，我会说服她的！你欠我的情，就用你们一生的友谊来还吧！"

"是！一生的友谊，绝不改变！"尔康诚恳地说。

两人就深深地互看着，把所有的感觉，都归纳到一种最真挚而高贵的友谊里去了。他们两个都知道，人生，有很多的变数，即使是恩爱夫妻，也不见得会天长地久。但是，他们这种友谊，穷此一生，都不会改变了。在后来的很多很多年里，他们确实证实了这一点。那些后话，我们就按下不表。

回到当时，晴儿和尔康一番恳谈以后，她回到慈宁宫，向太后再一次表白了自己：

"老佛爷！请宠我一次，不要把我许给尔康！我才不要'娥皇、女英'，我不是'娥皇'，也不是'女英'！尔康那么爱紫薇，如果我跟了他，我还有什么地位？虽然以前我对他动过心，那已经过去了！现在，他只是我的大哥！请老佛爷再也不要反对他和紫薇，那就是对我的好了！"

"可是，我记得你说过，你也有'蠢蠢欲动'的感情……"

太后困惑地说。

"我还是有那种感觉，但是，不是对尔康！是对虚空中的某个人物，是一种幻想和梦想！我也希望和紫薇一样，拥有一个心里没有其他女人的人！"

"哪有那样的人？就算有，你也遇不到！你现在不要尔康，将来怎么办？"

晴儿看着太后，深情地说：

"我知道老佛爷是真心疼我，处处为我想！这样吧，老佛爷给我一个权利，让我可以选择我的未来吧！如果有一天，我看中了那个人，我一定坦白告诉老佛爷，那时候，老佛爷再帮我做主！"

太后宠爱地看着她，没办法了，只好把尔康留给紫薇了。

"那……就这么办吧！到时候，你可别害臊不说啊！"

"到时候，我再也不会把机会放过了！"晴儿如释重负，笑了。

于是，这天，太后扶着晴儿的手臂，来到了漱芳斋。

"紫薇！小燕子！我特地来看看你们两个，天冷了，这个漱芳斋，还缺什么不缺？"太后慈祥地、关心地问，"棉被够暖吗？冬衣要不要再做几件？我看你们两个丫头，都穿得蛮单薄的！"

紫薇、小燕子惊愕地看着太后，这是第一次，她们两个听到太后这样温暖的谈话，两人都震动着。尔康和永琪，站在两人身后，也是一脸的惊奇。紫薇急忙屈了屈膝，感激地说：

"老佛爷，我们什么都不缺，漱芳斋里，吃的喝的用的穿的，真是应有尽有！谢老佛爷关心！"

太后看看永琪和尔康，两人有点紧张。因为，又被太后抓到，一早就到了漱芳斋。尔康尤其紧张，不知道上次的提议摆平了没有。万一太后和紫薇谈什么，岂不是又要天翻地覆？他不由自主地去看晴儿，晴儿了解他的不安，立刻给了他一个稳定的微笑，尔康心情稍定。太后的眼光，也落在尔康脸上：

"尔康，你的阿玛被你们几个连累，这次也辛苦了！额娘可好？"

尔康受宠若惊地禀道：

"回老佛爷，阿玛和额娘，看到我回家了，两个格格也身体健康，高兴得不得了，什么都好！"

"那……尔泰什么时候回来呢？"

"尔泰本来已经要动身了，可是，塞娅有了身孕，巴勒奔说什么都不肯让她在这个时候动身，所以，恐怕还要过一阵！好在，我已经回家了，阿玛他们也安心了！"

"有了身孕？太好了！"太后喜悦地说，"没想到弟弟赶在哥哥前面了！我看，你们两对大喜的日子，也要赶紧挑一挑了！赶明儿，我就跟皇上研究研究！"

尔康和永琪一听，惊喜交集。紫薇羞涩地低下头去，小燕子转着眼珠，装糊涂。

永琪就一步上前，诚挚、坦白地问道：

"老佛爷，您不反对我们的婚事了？"

太后看了看永琪，看了看小燕子，走过来，一手拉住永琪，一手拉住小燕子，说：

"永琪，这个孙媳妇儿，不是我挑的，心里总有些不踏实！但是，你们用事实说服了我，我好感动！是的，我不反对你们了！我接受你们，也希望你们接受我！"

永琪太感动了，喊着：

"老佛爷！谢谢您！"

太后就放掉了永琪和小燕子，转身拉过紫薇和尔康，再说：

"还有紫薇和尔康，你们这一对挨过了好多大风大浪，彼此还是这么坚定。我实在不能不感动！我不再阻碍你们了，我祝福你们！"

紫薇惊喜交集，感激地说：

"老佛爷！能够得到您的祝福，紫薇再也没有奢求了！"

尔康也喜出望外，一迭连声地说：

"谢谢老佛爷的理解，谢谢老佛爷的成全！更谢谢老佛爷的包容和……一切一切！"

小燕子又惊又喜，看着太后，简直不敢相信，睁大眼睛说：

"老佛爷！我以后说错话的时候，您还会不会生气呢？"

"不生气了！"太后微笑地说，"我把它看成是'回忆城一奇'吧！"

"回忆城？"小燕子愕然地嚷，"老佛爷也知道回忆城？"

晴儿笑嘻嘻地插口了：

"是我告诉老佛爷的！你们那些惊险刺激的故事，我一件件都说了，现在，才说到第三章，老佛爷听得好有兴趣呢！"

"老佛爷，您都知道了呀？不怪我们吗？"紫薇不相信地问。

太后看着紫薇和小燕子，亲热地说：

"两个丫头，以前我对你们有很多误会，你们也不怪奶奶了吧？"

"奶奶？"小燕子睁大眼睛。

"是啊！一般家庭里，不都叫'奶奶'吗？记得有人跟我说过，这'老佛爷'三个字实在别扭，我现在也好想当个普通的'奶奶'呢！"

小燕子好感动，好惊喜，热烈地喊道：

"奶奶！我好幸福啊！我现在有爹，有哥哥，又有奶奶了！那……我那些大错小错，您都原谅了吗？"

"紫薇不是说了吗？人生，最大的美德，是'饶恕'！"太后说。

"老佛爷！有您这几句话，我真是庆幸我们回来了！"紫薇含泪喊。

太后就把两个姑娘紧紧地拥在怀里了。

尔康和永琪看着，两人眼里都绽放着光彩，感动得不得了。

晴儿微笑地看着这一切，眼中含泪，唇边带笑。尔康就走到晴儿身边去，对她感激地、诚挚地说：

"晴儿！谢谢你！"

晴儿对尔康一笑。

宫里的事，暂时告一段落，现在，要谈一谈会宾楼。

这晚，会宾楼重新开张了。开张的场面，实在盛大。

只见一排身穿红衣的青年，正在有力地击鼓。鼓声隆隆。

柳青、柳红、金琐一身光鲜，笑嘻嘻地站在会宾楼门口，喜气洋洋。

小燕子、紫薇、尔康、永琪、箫剑环绕在柳青、柳红、金琐身边，大家兴冲冲地东张西望。宝丫头站在紫薇身边，更是兴奋。

街道两旁，挤满看热闹的群众。

小燕子对柳青、柳红嚷着说：

"今天会宾楼重新开张，应该比上次开张还要隆重才对！我们想破脑袋，也想不出来送什么贺礼给会宾楼才好！舞龙舞狮已经不够看了！所以呢，今天的节目，全是尔康设计的！"

尔康双眸炯炯，诚挚地看着柳青和金琐，眼里盛满了千言万语，说：

"柳青，金琐！上次在南阳，你们的婚礼办得好简陋，我心里一直有着深深的歉意！你们两个不知道，我对你们有多少的祝福，有多少话想说，却不知道从何说起，我们就心照不宣了！今天，这个庆贺的点子，是为了要会宾楼永远兴旺，要你们两个的感情，永远热烈！"

柳青非常感动，迎视着尔康的眼光，也诚挚地说：

"尔康！我可没有你这么会说话，可是，我心里一直憋着一句话，始终没有机会告诉你！就借现在跟你说了吧！"

"是！请说！"

柳青一抱拳。

"谢谢！谢谢你做的每一个决定，谢谢你敢于向传统挑战，追求你要的，也敢于向传统的观念说'不'，这样，我才有了今天的幸福！"他搂着金琐，深刻地看着尔康，"我们终于各有各的幸福了！我是糊里糊涂闯来的，你是辛辛苦苦经营的！"

紫薇感动地叫了起来：

"柳青还说他不会说话，说得这么好！金琐，是你教他的吗？"

金琐脸红红的，看看柳青，看看尔康，心里洋溢着喜悦，也诚挚地说：

"小姐，尔康少爷，我也一直欠你们一声'谢谢'！我那么笨，差点辜负了你们的好意。现在，我真的过得很好，很满足，谢谢你们了！"

小燕子大声地嚷嚷起来，打断了他们：

"你们几个不要在那儿肉肉麻麻地谢来谢去了！老实说，你们都该谢我才对！没有我糊里糊涂当了还珠格格，哪有你们这么多精彩的故事？"

"小燕子这句话对极了！就是这样，尤其是我，没有她糊里糊涂，我这一笔不知道要记到哪里去！"永琪开心地喊着。

"还有我这一笔，也不知道要记到哪儿去！"萧剑接口。

"所以，还是小燕子最伟大！"柳红笑着说。

"可不是！可不是！"小燕子得意地喊着。

鼓声突然加重。宝丫头惊呼：

"来了来了！好漂亮啊！哇……"

群众全部骚动了，大家都朝街上看去。

只见从街道尽头，有无数身穿红衣的青年，手持燃烧的火炬，非常壮观地奔到会宾楼前。他们舞动着火炬，随着鼓声，嘴里整齐划一地喊着：

"永远兴旺！永远灿烂！永远兴旺！永远灿烂……"

这时，一辆马车驶来，停下。福伦扶着便装的乾隆，走下车来，许多便装的侍卫，站在街对面，惊奇地看着。乾隆看到这样壮观的火炬，看得目瞪口呆了。

"这个会宾楼开张，这么壮观啊？"乾隆问福伦，"太让我意外了！"

"大概他们太高兴了，这个会宾楼，是那些孩子在'回忆城'外的一个'家'！"福伦说，"这个家失而复得，他们就有点得意忘形了！"

"让他们得意忘形吧！"乾隆理解地点了点头，"当他们要摆脱'回忆城'的拘束，当他们偶尔要放浪形骸的时候，就到这儿来！"

鼓声和音乐乍然加强。

那些红衣青年，就非常壮观地跳起一支"火炬舞"。夜色里，那火炬灿烂夺目，舞得让人目不暇接。在这些火炬之中，另有一队青年，穿着耀眼的翠蓝色服装，抬着许多大酒坛，舞动着出来。大家随着激动的音乐声、鼓声，跳着一支"痛饮狂欢"舞。一时之间,但见火炬点点,舞者穿梭跳跃,酒坛、酒杯,在舞者间滚动,觥筹交错,光影流离,真是叹为观止。

四周围观的群众,看得如醉如痴,大家掌声雷动,疯狂地喊着:

"好!好!好!"

表演完了,众表演者停下舞蹈,高举火炬,整齐地喊道:

"祝会宾楼永远兴旺!永远灿烂!"

然后,舞者让开通路,站在大门两边,把街道照射得如同白昼。

柳红就高声对群众喊道:

"今天会宾楼重新开张,欢迎各位进来和我们一起庆祝,今晚的酒菜,本店全部免费招待!"

群众高声叫好,欢声四起,大家争先恐后地跑进了会宾楼。

"我们也去庆贺庆贺!"乾隆对福伦说,他迈开大步也走进会宾楼。

会宾楼内,张灯结彩,高朋满座,真是热闹得不得了。

柳青、柳红、宝丫头、金琐都穿梭在人群中,忙着给每一桌上酒上菜。

尔康、紫薇、小燕子、永琪、箫剑坐在老位子上,看到这样热闹的场面,人人满面笑容,个个乐不可支。小燕子坐不住,嚷着:

"我去帮他们上菜!"

"你别去了!"永琪一把拉住她,"等会儿又把茶盘砸了,把客人烫了!你这种'记录'太多,还是安安静静坐在这儿比较好!"

"我哪有?我哪有……"

"你就有!好多次了,说不定还会跟人打架……"尔康说。

"打架才好呀!不打不相识,一次打来一个蒙丹,一次打来一个箫剑!如果再打一场……"

"说不定打来另外一场'惊心动魄'!"箫剑接口说。

"就是!就是!反正好多'惊心动魄'等着我们呢!"小燕子嚷着。

正说着,乾隆和福伦带着随从走来。

"哈哈哈哈!"乾隆大笑着,"我算见识了会宾楼开张的场面!这个火炬舞,下次在回忆城里,记得也给我办一次,让回忆城里那些'土包子'也开开眼界!"

众人全部惊跳起来。尔康震惊地喊:

"阿玛!老爷,你们怎么来了?"

"老爷一定要亲自来给你们这些'生死之交'祝贺祝贺,我只得陪着老爷过来了!"福伦笑着说。

"赶快坐下!"尔康就抬头喊,"柳青!柳红!金琐……快过来!"

"阿玛!你怎么不说一声说来就来了?太意外了!"永琪惊喜地说。

紫薇、小燕子、永琪,急忙给乾隆和福伦搬椅子,摆筷子。

"老爷……你们亲自来，又要让我们大家手忙脚乱了！"小燕子喊。

"好像我们来得不对啊？"乾隆看着大家，又看福伦，笑着问。

"谁说？谁说？会让我们受宠若惊！喜出望外！"紫薇赶紧回答。

大家都忙着招待乾隆，人人都兴奋着。只有箫剑，隐在众人身后，凝视着乾隆。他实在没有料到乾隆会亲自来祝贺，看到这样一个毫无架子、亲切慈祥的乾隆，不禁深深震撼了。在这一刻，他明白了，尔康是对的，上苍用了另一种方式，来化解这个仇恨，它安排了一切，弥补了小燕子。他再看小燕子，那个粗枝大叶的小燕子，那个糊里糊涂的小燕子，那个毫无心机的小燕子，那个笑口常开的小燕子，那个大而化之的小燕子，那个天真莽撞的小燕子……他忽然疑惑起来，这个小燕子，真的是他的妹妹吗？本来，回到北京，他很想带小燕子去见见静慧师太，把这个身世之谜彻底弄清楚。但是，他却始终没有做。一来，小燕子不求甚解，对当年的事，已经不再追究了。二来，他竟然有些怯场，不敢去求证了。记得，静慧师太说过，当初庵里，收养了好几个孤儿。既然有好几个孤儿，谁知道小燕子是不是小慈呢？

箫剑在这儿出神，柳青、柳红、金琐早就奔了过来。柳青惊呼着：

"老爷！我们有没有看错？会宾楼有老爷大驾光临，实在太光彩了！"

"柳青、柳红、金琐，"乾隆真心真意地说，"我带着最大的诚心来这儿，祝贺这个酒楼的'劫后重生'，我知道，这个酒楼里，有你们大家的欢笑，希望这个欢笑永远延续下去！"就爽朗地喊道："永琪！给我拿大酒杯来！我要跟大家喝一杯！"

"是！"永琪欢声应着。

酒杯排在桌上，一个一个注满。

乾隆举着杯子，诚挚而欢乐地大声说：

"你们的快乐，就是我的快乐！你们的欢笑，就是我的欢笑！柳青、柳红、箫剑，你们这次帮助永琪他们逃亡，让他们远离伤害，我衷心感谢！来，我和大家干一杯！"

箫剑听到乾隆一一点名，也点到自己，不禁一震。跟着众人，拿起了酒杯。心里，实在是百感交集，如果干了这杯酒，是不是表示"千古情仇"就"一口吞"了呢？正在胡思乱想，大家的杯子相碰，发出清脆的铮然一响，大家都一仰头，干了杯子，他也只得干了。

永琪再倒满了乾隆的杯子，乾隆忽然转向箫剑，深深凝视他，说：

"箫剑！关于你和小燕子的故事，我始终没有闹得很清楚，不知道到底是怎么一回事？"

箫剑没料到乾隆有此一问，心中一跳，旋即镇定下来。他迎视乾隆，在乾隆那诚恳的眼神中，读出了那种真切的关怀。到了这个时候，他终于确定，往日的仇恨，烟消云散了。这样一确定，他也就豁然开朗了。他对乾隆一笑，说：

"您不用闹得很清楚，事实上，我也没有闹得很清楚！人生有些事，不必很清楚！活得快乐，活得心安理得，比什么都重要！我很高兴，我终于有这个机会'认识'了您，您这么有'人性'，这么有'人情味'，实在远远出乎我的意料！"

"说得好！这种赞美，我很少听到！它对我的意义很大！"乾隆怔了怔，说。

"对我也是！"萧剑低语。

尔康看着萧剑，听到他这番话，知道他终于彻底解脱了，欣慰得不得了。拍了拍萧剑的肩膀，感动地说：

"老爷！萧剑！我们大家一定要干一杯，为了团圆，为了劫后重生，为了重新认识身边的人和事，为了会宾楼，更为了……我们化解了人生的许多仇恨，把不可能的事，都变成了可能！为了'化力气为糨糊'！让我们大家痛痛快快地干一杯吧！"

萧剑看了尔康一眼，两人都心照不宣了。乾隆以为尔康指的是皇后和容嬷嬷，不住点头。大家更是各有所悟，都欢喜着，全部举杯。小燕子尤其高兴，嚷着说：

"化力气为糨糊！化力气为糨糊！化力气为糨糊……这是一句很有学问的话，对不对？"

"对极了！"大家异口同声地说。

"干杯！"乾隆喊。

众人一呼百应，欢声雷动地回应：

"干杯！"

萧剑一口喝干了那杯酒。看着那个"化力气为糨糊"的小燕子，心里震动着。和小燕子的这番相遇，万一认错了妹妹，万一不是"兄妹相认"，那就是上苍给他的礼物，为了抽走他生命里最大的负担和哀愁。是，化力气为糨糊！这是一句很有学问的话，他笑了，一仰头，再干了一杯酒。

第十二章

这天，萧剑站在空地上，手里拿着那把家传的剑，正在教小燕子"方家剑法"。

紫薇、尔康、永琪都在一边观望。

萧剑郑重地说：

"小燕子！要学剑法，一定先要明白什么叫做'剑'！你以前学武功，根本不知道手里拿的是什么武器，所以会学得乱七八糟！你看，这是一把剑，不是刀，不是匕首，更不是棍子！你每次拿着剑，常常乱砍一气，那是错误的！剑，是用刺的！你要这样刺过去！"

萧剑就舞起剑来，但见剑气如虹，煞是好看。

小燕子看得目瞪口呆，佩服不已。

"哇！哇！太好了！我来！我来……"

小燕子就接过剑来，嘴里嚷道：

"这是一把剑！一把很有重量的剑！一把有名的剑！这

不是刀，不能用砍的！不是棍子，不能用打的！不是九节鞭，不能用挥的！不是斧头，不能用劈的……这是一把剑，要用刺的！"

"对极了！好！开始吧！"

小燕子大喊一声：

"方家剑法来也！"

小燕子就舞起剑来，只见她东刺一剑，西刺一剑，毫无章法，乱七八糟。

萧剑纳闷地看着，众人更是看得忍俊不禁。尔康和永琪对看了一眼，两人暗暗地摇摇头，都想起蒙丹教小燕子剑法的情形。看样子，历史又重演了。

萧剑看了半天，觉得小燕子完全不得要领，就嚷着说：

"我要空手和你斗一斗，我会想办法抢你的剑，你把我当成你的敌人，一来，剑不能让我抢去，二来，想办法刺我！知道吗？"

"那……我把你刺伤了怎么办？"

"你试试看吧！"萧剑就一跃，跃到小燕子面前。

小燕子提剑就刺，萧剑用脚一踹，她手里的剑飞了出去，萧剑轻松地接住了剑。

"不行！我还没准备好，你就踢我！"小燕子抗议地喊。

"不忙！再来再来……不要急……"萧剑把剑递还给她。

小燕子才接住，萧剑一踢，剑又飞了。然后，大家就看着萧剑左一次、右一次地踢飞那把剑。然后，小燕子毛躁起来。再然后，小燕子火大地抓起了剑，大吼一声："什么'方家剑法''圆家剑法'，我不管了，小燕子剑法来也！"就双手握剑，一剑对箫剑当头砍去。

箫剑一踹，小燕子的剑又飞了。

"你是在教我，还是在耍我？"小燕子气坏了。

"你这样乱砍一气，会把剑砍伤！这把剑已经传了三代，可不能在你手里毁了！"箫剑忍耐地说。

永琪看得好着急，忍不住上来帮忙，接过了剑去示范：

"小燕子，剑要这样拿，握牢了，用手腕的力气！刺出去的时候要稳，不能轻飘飘，也不能用蛮力！来，我和箫剑一起跟你练！你不要毛躁！"

"好！我不毛躁，我沉住气！"小燕子就握着剑，对那把剑一本正经地说，"这是一把剑，这不是刀，不是木棍，不是九节鞭，不是斧头……"

尔康笑了笑，牵着紫薇的手，两人走开了。

一会儿，他们就远离了那个空院子。尔康看着紫薇，沉思地问：

"紫薇，你有没有怀疑，这个箫剑和小燕子，到底是不是兄妹？"

"坦白说，我确实很怀疑！"紫薇点头。

"你想想，就凭箫剑说的那个故事，要证明小燕子是他妹妹，其实是很牵强的！一个静慧师太，能代表什么？已经隔了十几年，静慧师太怎么能凭游行时的一眼，就认出小燕子是小慈？箫剑会不会认错了妹妹？"

"看小燕子练剑，还真的有点疑惑呢！不过……"紫薇笑了笑，"错了又怎样？对了又怎样？都是一样的，是不是？箫剑很满足，小燕子很幸福，他们很快乐，享受着有亲人有家人的感觉！真好！皇阿玛还不是错认了小燕子，依旧错有错着！如果箫剑也认错了妹妹，那么，小燕子真是命中注定，要当大家的'还珠格格'！连箫剑自己都说了，不必很清楚！说不定，箫剑也知道，这个'妹妹'靠不住！"

"是！"尔康点头，"反正'人不独亲其亲，不独子其子'！"

"是！"紫薇笑着，"何况'落地为兄弟，何必骨肉亲'？"

尔康深深地看着紫薇，唇边带着欣赏的笑。

"干吗？这样怪怪地看着我？"

尔康看了她半天，只说了一句内心深处的话：

"紫薇……我真的好喜欢好喜欢你！"

紫薇迎视着他，眼里一片柔情。

"我也好喜欢好喜欢你！"

箫剑教小燕子剑法的同时，也开始教她认字念书。他拿了两本厚厚的书，对她郑重地说：

"学成语和学剑一样，要从根本入手，最重要的是，你要先学会认字！等到字你都认识了，成语就不会解释得乱七八糟了！路要一步一步地走，饭要一口一口地吃！不管学什么，人生没有捷径！我这儿，有一部很好看的书，你拿回去看，看不懂的字，就问紫薇、永琪他们，看完这部书，你认字的本领大概就不错了！"

小燕子兴冲冲拿起那部书。只见封面印着三个大字："水浒传"。

"水许传啊？"小燕子喊，"浒"字念成"许"，"传"念成传染的"传"。

尔康、永琪、紫薇想笑又忍住了。

萧剑纳闷地看着小燕子。

尔康和紫薇相对一看，心里的疑惑更深了。看样子，这个小燕子和萧剑，没有多少共同的血液！

转眼间已是隆冬，一连下了几场雪，天气冷得不得了。但是，漱芳斋里，却是温暖如春。熊熊的炉火，烧得旺旺的。紫薇、尔康、永琪、小燕子正在围炉取暖，嗑瓜子，吃点心，喝热茶，谈谈笑笑。突然，外面传来小邓子、小卓子的通报：

"皇上驾到！"

四人急忙起身，乾隆已经大踏步跨进房。

大家赶紧请安，叫皇阿玛的叫皇阿玛，叫皇上的叫皇上。

紫薇、尔康、永琪、小燕子急急忙忙给乾隆搬椅子，递暖炉，拿靠垫。

"赶快坐到火边来！这么冷，不管从哪个宫过来，都要走上大半天！"紫薇说。

"皇阿玛！快用热毛巾擦擦脸！"小燕子递上热毛巾。

"皇阿玛！快喝口热茶！"紫薇递上热茶。

"这个暖炉抱在怀里，一会儿就暖了！"尔康递上暖炉。

"这个靠垫垫在背后，要不要一条毯子？"永琪递靠垫，大家忙得不亦乐乎。

乾隆看着四人，心里真是安慰极了：

"看到你们几个，我心里暖和极了，一点都不冷！你们大家在谈什么？"

"回皇上，在猜谜语！"尔康说。

"谜语？"乾隆精神大振，"朕最喜欢谜语了！什么谜语，说出来让朕也猜一猜！"

"小燕子最不争气了，"永琪笑着说，"我们出了一个最浅的谜语给她猜，她猜来猜去都猜不出来！"

"是吗？是什么谜语？"

"是一个字谜！"尔康就念谜语，"高的有，矮的没有，站的有，坐的没有，跳的有，走的没有！"

"天堂有，人间没有，吃的有，睡的没有，嘴上有，手上没有！"紫薇接口。

"右边有，左边没有，哭的有，笑的没有，凉天有，热天没有！"永琪再说。

"小燕子，这个谜语你都猜不出来呀？"乾隆大笑，"听朕告诉你！骂的有，打的没有，谜语有，四书没有，唱的有，看的没有！"

小燕子听得糊里糊涂，一个头有两个大。

"什么这个有，那个没有的，我怎么弄得清楚嘛！"

"大家都知道谜底了，只有你还是糊里糊涂！"尔康笑着说，"我再告诉你：小燕子有，紫薇没有！太后有，皇上没有！小邓子有，小卓子没有！"

听到都是自己熟悉的人物，小燕子兴趣来了。转着大眼珠拼命想，忽然福至心灵，哦了一声。

"哦！我明白了！我明白了！"小燕子跳起身子，指手画脚地说，"箫剑有，尔康没有，小鸽子有，小骗子没有，这边有，那边没有！吹牛有，拍马没有……这个字就是一个'口'字！"

众人喜悦地大叫着：

"对了！对了，答对了！"

大家都惊奇地看着小燕子。乾隆也又惊又喜，高兴地喊道：

"小燕子！你进步了！不但会猜谜，还会编谜了！"

小燕子就得意起来，开始吹牛了：

"皇阿玛，你不要太小看我，我最近进步得不得了。箫剑教了我怎么学成语，又给了我一本好好看的书，让我看！他说学成语要先从学认字开始，我现在会认好多字，成语已经难不倒我了！"

"啊？"乾隆睁大了眼睛，"这样啊！那么，你在看什么书？"

"水许传！"小燕子大声地喊。

"水洗船？"乾隆惊愕地问，"有这样一本书吗？"

"不是'水洗船'！是'水许传'！"小燕子嚷着，"那个'许'字很奇怪，是三点水再加一个'许不许'的'许'字！"

乾隆明白了，眼睛一瞪。

"这本书也弄到宫里来了？这是一本禁书呀……"想想，笑了，"算了算了，对你们这些胆大包天的孩子来说，还什么'禁不禁'的？何况，朕不得不承认，那是一本好书……"就忍着笑说："好！这个'水许传'里面说些什么？"

"'水许传'好好看，说许多英雄好汉的故事，里面有一个'李达'，厉害得不得了！"小燕子嚷着。

紫薇、尔康、永琪面面相觑，都睁大了眼睛。

"李达怎么厉害？"乾隆再忍住笑。

小燕子眉飞色舞地回答：

"他'手舞两把大爹，有万夫不当之勇'！"

众人喷茶的喷茶，摔跤的摔跤，手忙脚乱。

乾隆看着小燕子，哈哈大笑起来。

小燕子就笑着看乾隆，说：

"皇阿玛！你笑够了没有？笑够了，我就告诉你，你被我骗了！刚刚是故意说错，来让你笑一笑的！我看的是《水浒传》，里面有一个李逵，手舞两把大斧，有万夫不当之勇！对了吗？"

乾隆大奇，不禁对小燕子刮目相看。

"原来你是骗朕的啊？看来，你是真的进步了！"然后就拍着小燕子的肩，赞美着，"孺子可教也！"

小燕子马上漏气了，睁大眼睛惊喊：

"什么'炉子可浇'？炉子不能浇水，一浇水就灭了！这么冷的天，没炉子可不行！"

"唉！刚刚夸口，马上就泄底了！"永琪喊。

"哈哈哈哈！"乾隆纵声大笑起来，"小燕子，你真是朕的开心果呀！"笑了半天，他收住笑，轮流看着四人，大声说："好！'炉子不可浇'！你们的婚礼可要办了！"

四人一怔，尔康和永琪就大喜起来。

"皇上！你已经挑了日子吗？"尔康急急地问。

"朕再不挑日子，你们心里大概要把朕骂上千遍万遍了！"

小燕子和紫薇脸一红，扭着身子说：

"哪有？哪有？"

乾隆瞪着紫薇和小燕子：

"没有？真的没有？那就别急了！朕再留你们两年吧！"

尔康和永琪面面相觑，急得抓耳挠腮。尔康就赔笑地说：

"皇……上……不知皇上挑的是哪一天？"

"皇阿玛……"永琪也赔笑地说，"公主不急，王子急……"

"哈哈！哈哈！"乾隆又大笑了，"朕不能再耽误你们了！朕特地到这儿来，就是要跟你们几个研究一下！是这样的，过完年，二月初二，是个好得不得了的好日子，除了这个日子，三个月之内，没有其他的好日子！朕和老佛爷翻遍了皇历，都觉得这个日子不能错过！朕想，同一天，让你们两对一起结婚！一个娶，一个嫁！要不然，就是永琪先娶小燕子，过三个月，紫薇再嫁！你们觉得怎样？"

尔康哪里还能再等三个月，急忙说：

"我觉得同一天结婚挺好！紫薇和小燕子，情同姐妹，同一天结婚，显得更有缘分！再说，宫里办一次喜事就好了！皇上同一天，又娶媳妇又嫁女儿，双喜临门，也是皇宫里的一段佳话！"

"就是！就是！同一天最好！就这么办吧！"永琪急忙附和。

乾隆体会出两个男儿的猴急，笑了。

"好！那么，就这么办！那天，两人一起从漱芳斋嫁出去！但是，这个漱芳斋，永远是你们两个格格的家，结婚以后，小邓子、小卓子、明月、彩霞也留在这儿！尔康得答应朕，随时让紫薇回来小住！"

尔康眼睛闪亮，喜悦地答道：

"谢皇上成全！臣福尔康一定遵命，只要皇上有令，立刻让紫薇回宫！"

"谢皇阿玛！"永琪也大声谢恩。

紫薇和小燕子，不好意思地转开了身子。

"还有，你们那些生死之交，还有小燕子的哥哥萧剑，都可以进宫，到漱芳斋来送你们两个格格上花轿，然后去景阳宫喝喜酒！婚后，还允许你们在漱芳斋设宴款待他们！尤其是萧剑，朕特准随时进宫，和小燕子兄妹相聚！"

紫薇、小燕子大喜，这才一起屈膝谢恩。

"谢皇阿玛！皇阿玛万岁万岁万万岁！"

接着，就是一段忙碌的日子。皇室的婚礼，简直有准备不完的事。仅仅是两位格格的服饰，就忙得人仰马翻。几乎从头到脚，都要一件一件地定做。珠花、耳环、发簪、如意、春夏秋冬四季衣服、各色凤冠旗头，再加上鞋子用具……令妃带着几个娘娘，整天为两位格格的喜事筹备着。

吉辰的前三天，皇后和容嬷嬷，手里捧着两件描金绣凤的新娘装，走进院子。

"皇后娘娘驾到！"

紫薇和小燕子听到喊声，奔出门来。只见皇后和容嬷嬷，含泪地、虔诚地走近二人。皇后捧着手里的衣裳，诚挚地说：

　　"紫薇，小燕子，我不知道怎样来表达我心里的歉意和谢意，你们大婚的日子快到了，我和容嬷嬷连夜赶工，给你们做了两件新娘礼服！这礼服的绣工是师傅绣的，针线活儿是我们自己做的！看在一针一线都是亲手缝制的分儿上，希望你们收下！"

　　紫薇和小燕子呆掉了。怎样都想不到，皇后会这样做！

　　容嬷嬷拼命点头，含泪看二人，哽咽地说：

　　"奴婢给两位格格请安，奴婢每天在坤宁宫，给两位格格早烧香，晚烧香，祈祷格格健康快乐，事事如意！这两件衣裳，每一针，每一线，奴婢缝制的时候，都说一声'对不起'，这是无数的'对不起'堆砌起来的！请两位格格收下吧！"

　　紫薇怔怔地看着皇后和容嬷嬷，伸手接过了皇后手里的衣裳，感动地说：

　　"皇后娘娘！容嬷嬷！紫薇好感动，不知道说什么好！这是不是代表，我们以前的不和通通过去了？"

　　"通通过去了！"皇后眼泪一掉。

　　紫薇看着皇后，皇后也看着她。两人对视片刻，皇后眼底，盛满了温柔和求恕，和以前那个严厉的、苛刻的皇后，已经判若两人。紫薇看着看着，心里就被感动的情绪胀满了。她把衣服搭在手腕上，热情奔放地上前去，把皇后紧紧一抱，感恩地喊：

"这一刻，正是我祈求了好久的一刻啊！老天终于听到我的心声了！"

皇后紧紧地拥着紫薇，泪水就不受控制地夺眶而出。

小燕子看得眼睛湿漉漉。

半晌，皇后放开紫薇，转向小燕子。

"小燕子，你呢？"

小燕子接过了容嬷嬷手里的衣裳，吸着鼻子，嚷：

"哇！我这人最受不了人家对我好，你们这样一来，我就没辙了！天气好冷，皇后，容嬷嬷！你们进来烤烤火吧！"

"谢谢你们！我们不坐了！"

"两位格格，对于我所有所有的一切，请原谅！"容嬷嬷说着，就跪了下去，恭恭敬敬地给紫薇和小燕子磕了三个头，站起身，扶着皇后，两人颤巍巍地去了。

小燕子和紫薇，一人捧着一件新娘装，看着两人的背影，好久好久都回不过神来。

终于，到了大喜的日子。

清宫的大婚，都在晚上举行。但是，白天，已经有很多的礼节。在这儿，就不再一一细述。跳过那些繁复的礼仪，让我们来看这个让人望眼欲穿的晚上。漱芳斋的院子里，张灯结彩，灯笼照耀如同白昼，乐队奏着喜乐。

两顶金碧辉煌的大红喜轿，停在院子里，一身红衣的轿夫，站在一旁等待。

无数的宫女着盛装，穿梭在阿哥、格格和亲王、命妇中，捧着喜盘，给客人们送喜糖。柳青、柳红、箫剑都来了，这真是一件破例的事情。由于两位格格在大厅里化妆，客人们就在院子里，喜洋洋地寒暄着。小邓子、小卓子和其他太监也穿着红背心，跑前跑后，照顾一切。

大厅里真是热闹极了，宫女来往穿梭，脚步杂沓。

紫薇和小燕子，都是珠围翠绕，穿着皇后和容嬷嬷亲手缝制的婚服，坐在大厅里。明月、彩霞、金琐、晴儿、令妃及宫女们忙忙碌碌地围绕着二人，穿梭不停地给她们化妆，戴帽子，戴首饰……简直忙得一塌糊涂。

"快快快！紫薇的胭脂还不够！金琐！给她涂红一点，今天是新娘子呀！"令妃喊着，招呼着，一下看这个，一下看那个。

"是！小姐，脸过来一点！明月！把灯拿过来，不够亮！"金琐喊着，她已经回宫好多天，来帮忙紫薇和小燕子打点一切。

"来了！来了！"好多宫女奔来，无数盏灯火照射着紫薇。

"不行不行！"令妃又喊，"小燕子的妆都花了！彩霞，赶快给她补一补妆！"

"你们不要把我的脸涂成一个猴儿屁股！"小燕子嚷着。

"哎哎！今天当新娘子，怎么还是'屁股屁股'的！"令妃急忙说。

"新娘还是有屁股！"小燕子又冒出来一句。

"天啊！"令妃快晕倒了，"你就少说两句话！新娘子，要羞答答才对！"

"我好紧张，从来没有这么紧张过，等下，那么多礼节，我也不知道会不会做错！我一紧张，就喜欢说话，你们再不让我说话，我就会紧张得出冷汗了！待会儿闯了祸，你们别怪我！"小燕子睁大眼睛说，确实紧张得手心都在冒汗。

"怎么会闯祸呢？一路上都有喜娘搀扶着你，喜娘会在你耳边提醒你，要做什么。不会让你出错的，你放心好了！"令妃说。

"小燕子，你只要不说话，就不会出错！头巾一蒙上，你就闭紧嘴巴！新娘子说话，大家会笑话你的！知道吗？"晴儿也在一边叮嘱，就怕小燕子闹笑话。

小燕子紧张得拼命咽口水，睁大了眼睛，拼命点头，不敢说话了。

令妃突然惊喊：

"苹果！苹果！赶快拿来！"

原来结婚时，新娘要带很多"吉祥物"，这苹果也是不可或缺的一样。众喜娘、宫女到处找苹果，一时之间找不着，大家嚷着"苹果"，你碰我，我碰你，乱成一团。

好不容易，两个苹果拿来了。

令妃把苹果放在两个格格手里，叮嘱着：

"紫薇，小燕子，苹果要牢牢地拿着，可不能掉了！"

紫薇紧紧张张地握着苹果，握得牢牢的。小燕子拿起苹果，想也不想，竟然"啊呜"一口，就咬了下去。

众人大惊，纷纷尖叫：

"天啊！怎么把苹果给吃了？"

令妃又快晕倒了，急忙大叫：

"小燕子，那个苹果是吉祥物啊，你怎么把吉祥物给吃了？"

"吉祥物？什么吉祥物？"小燕子怔了怔，看着苹果，"我正饿得发昏，好不容易来了一个苹果，怎么不能吃？"

"那个苹果代表的是平安如意呀！"晴儿喊着。

"那……"小燕子伸伸脖子，把苹果吞下肚，"我把平安如意吞进肚子里，就更加安全了！"

"不行不行！"令妃嚷着，"赶快再拿一个苹果来，快快快！"

一屋子的人，又大叫着"苹果，苹果"，东找西找，跑来跑去。终于，再拿了一个苹果来。小燕子握住了苹果，不敢再吃了。只听到金琐又大叫起来：

"小姐的耳环怎么只戴了一边？还有一个耳环呢？"

"天啊！时间来不及了！赶快找！赶快找！"

宫女和喜娘又撞来撞去，嚷着"耳环，耳环"，忙忙乱乱找耳环。

"在这里！在这里！"晴儿从珠花篮子里找到耳环，赶紧过去帮紫薇戴上。

紫薇正襟危坐，紧张得几乎不能呼吸了。晴儿拍拍紫薇的手：

"放轻松一点！"

令妃突然大喊：

"忘了吉祥锁！吉祥锁在哪儿？快找！快找！"

宫女、喜娘们奔来奔去找吉祥锁，撞成一堆的、东西掉了的，真是忙得七荤八素。

"吉祥锁！吉祥锁！快找吉祥锁！"大家七嘴八舌地喊。

"吉祥锁好像还在慈宁宫！老佛爷收着呢！"晴儿说。

"哎呀！上轿的时辰都快到了！晴儿，你快去拿！"令妃惊喊。

"是！"

晴儿急急地往外冲，就和门外的箫剑撞了一个满怀。

晴儿差点摔跤，箫剑伸手扶住。晴儿一惊抬头，和箫剑的眼光接了一个正着。晴儿见一个英俊的陌生男子扶着自己，脸一红，却想也没想就脱口说：

"箫剑？"

箫剑看到这个宫装的美女直呼自己的名字，就怔住了。他惊讶地看她，接触到她那对黑白分明的眸子，刹那间明白了，脱口喊出来：

"晴儿？"

"是！我是晴儿！"晴儿打量了一下箫剑，眼睛闪亮。

"久闻大名，如雷贯耳！"箫剑也目不转睛地看着她。

"彼此彼此！"晴儿说。

大厅内，令妃大喊着：

"晴儿！晴儿！吉祥锁找到了！在我怀里揣着呢！瞧我都忙糊涂了！"

晴儿急忙奔回大厅，到了大厅门口，又回头去看箫剑，正好箫剑也回头看她，两人目光再一接。箫剑笑了笑，晴儿怔了怔，两人就闪神了。

"晴儿！晴儿！如意环是不是在你那儿？"令妃一迭连声地喊着。

晴儿蓦地回过神来，喊道：

"来了！来了！"

她奔了两步，却忽然站住，再度回头。

萧剑正挺立在院子里，他的眼光不由自主地追着她。看到她两度回头，他就震住了。但见那大厅内，到处都悬挂着红色的灯笼，她就在无数灯笼的光影下，如梦似幻地站着，脸上带着一个如梦似幻的微笑。萧剑看着这样的晴儿，就怔怔地出起神来。

"晴儿！晴儿！你在哪儿啊？"令妃喊着。

"来了！来了！"晴儿这才掉头而去，奔进房。找出"如意环"，递给令妃。

萧剑兀自站在那儿，柳青走来，拍了他一下。

"你在看什么？"

"众里寻他千百度，蓦然回首，那人却在灯火阑珊处！"萧剑喃喃地念。

柳青听不懂，纳闷地看着他。

大厅里，两位格格总算打扮好了。令妃仔细检查着：

"好了！吉祥锁带了！如意环带了，苹果带了……东西都带全了！"

喜娘上前催促：

"令妃娘娘！上轿的时辰到了！"

"喜帕！快把喜帕给她们蒙上！"令妃又喊。

喜娘拿着两块喜帕，遮上了紫薇和小燕子的脸庞。

顿时间，喜乐声大作。

十二个喜娘，扶起两个新娘，众人闹闹哄哄，紧紧张张，挤前挤后。宫女一冲，和喜娘撞成一团，大家叫的叫，退的退。两个新娘看不见，东转西转，喜娘慌忙扶住。然后，在吹吹打打中，两个新娘终于出了大厅，柳青、柳红、萧剑都上前，喊着：

"紫薇，小燕子，恭喜恭喜！"

紫薇和小燕子都低垂着头，在喜娘的簇拥下，婷婷袅袅地走向花轿。院子里的宾客们掌声雷动，欢声四起，喊着：

"还珠格格大喜了！紫薇格格大喜了！两位格格千岁千岁千千岁！"

鞭炮噼里啪啦地响起，司仪大声喊道：

"上轿！"

两个新娘在掌声中，鞭炮声中，喜乐声中，被送上花轿。

"起轿！"

轿子抬起。仪仗队，灯笼队，乐队纷纷就位，庞大的队伍走进了御花园。

尔康和永琪早就在漱芳斋门口等候，两人都是盛装，身上扎着红色彩绸，骑着两匹骏马，等候着迎娶他们的新娘。两人脸上，都洋溢着喜悦和幸福。

庞大的队伍出了漱芳斋，永琪和尔康就带着队伍前行。只见几十个红衣的宫女，舞动着宫扇、花灯，在喜乐声中，迤逦前行。后面，跟着浩浩荡荡的灯笼队伍，二十对宫女手持红色的大灯笼，四十对宫女手持白色红字的小灯笼，也迤逦前行。再后面，仪仗队高举着各式华盖，亭亭如伞，跟着迤逦前行。再后面，是乐队，一路吹吹打打。再后面，才是十二个喜娘扶着的两乘花轿。

整个队伍，极为壮观。一路上，宫女、太监、嫔妃和朝廷贵妇、亲王们争着看热闹，掌声不断。队伍到了一个分岔路口，分成两队，尔康向宫外走，永琪向景阳宫走。各人带着他的新娘，走向他们那崭新的、喜悦的未来。

紫薇坐在花轿里，随着那花轿的颠簸，觉得整个人轻飘飘，如梦如幻。她眼观鼻，鼻观心，目不斜视，心脏"嘣咚嘣咚"地跳着。她知道，尔康就在她的前面，要把她带进那个完全属于他的世界。终于，终于，终于……他们等到这一天了！坐在花轿里，她不禁思前想后，在这段短短的路程里，她几乎把第一次见到尔康以来的点点滴滴，在心头重新回忆了一遍。想着尔康种种的好，真是百感交集，甜在心头。

接下来是一连串的行礼，拜高堂，拜天地，夫妻交拜……跳过这一切的礼仪，让我们跟着两对新人，走进洞房。

尔康看着她的新娘。只见新娘盖着红头巾，端端正正地坐在床沿。六个喜娘分站两旁，捧着喜秤、交杯酒、红枣、花生、桂圆、莲子等喜盘站立于侧。

尔康深情地看着新娘，脸上，是期待的、幸福的、感恩的神情。他缓缓地走向床前，站住了，眼光蒙眬如梦，不敢相信地看着床上的新娘，心里疯狂般地自语着：

"紫薇，我终于娶到了你！这条路，我们虽然走得艰苦，毕竟是苦尽甘来了！我用我的生命起誓，从今以后，我们的生活里，只有幸福，幸福，幸福……"

喜娘朗声说：

"请新郎用喜秤挑起喜帕，从此称心如意！"

尔康激动欢喜得手都有些发抖了，拿起喜秤，挑起喜帕。

喜帕飞开，轻飘飘地落下，尔康定睛看着他的新娘，忽然大震。原来喜帕下，赫然是小燕子的脸！

尔康吓得跳了起来，失声大叫：

"哇……"

小燕子抬头一看，吓得也大叫起来：

"哇……"

两人就瞪着对方，都惊喊着：

"哇……"

喜娘们一看，手里的喜盘乒乒乓乓全体掉落地，红枣、花生、桂圆、莲子滚了一地。喜娘们也失声尖叫起来：

"哇……"

新房里，顿时一片哇哇之声，小燕子"哇"了半天，惊得从床沿上跳了起来，也顾不得新娘子的形象了，喊着：

"不许我说话，就会变成这样！好不容易我没出错，别人居然出错！到底是什么时候弄错的？这是怎么回事啊？"

至于永琪的洞房里，也是一团慌乱。当永琪挑起喜帕，惊见新娘不是小燕子，而是紫薇，那种"惊心动魄"，更是"非同小可"。他吓得喜秤落地，大叫：

"紫薇，怎么是你？"

紫薇始终低着头，柔情万种，娇羞不胜。听到永琪的声音，一惊抬头，吓得花容失色。脱口惊呼：

"我的天啊！这太离谱了……"

喜娘们立即七嘴八舌地大叫：

"赶快盖上喜帕！让花轿不要走！快去通知乐队仪仗队……新娘弄错了！新娘弄错了！新娘弄错了……"

喜娘一路喊了出去，宫女、喜娘乱哄哄地跑着，嚷着，乱成一团。忙乱中，喜帕再度蒙上了紫薇的脸，喜娘急急地搀起紫薇往外走。

结果，整个拜堂行礼，只好重来一遍。这次清廷的两位格格"同时"嫁娶，真是"空前绝后"，以后再也不敢效法了。

等到紫薇终于进对了洞房，已经闹到快要天亮了。尔康掀起了喜帕，惊魂未定地看着紫薇，紫薇也惊魂未定地看着他。天啊！这条结婚的路，他们走得真是惊险万状！但是，终于终于终于，他们彼此相对了。

"请新郎新娘喝交杯酒！"喜娘说。

紫薇和尔康仍然惊魂未定，深情地互视，喝了交杯酒。

两个喜娘就根据习俗，把尔康的衣服下摆，和紫薇的衣服下摆绑在一起。

"祝新郎新娘'永结同心'！'早生贵子'！"

喜娘收起酒杯，退出房去。

尔康看到室内没人了，就把紫薇紧紧地一抱，热情地喊：

"紫薇！是你吗？是你吗？连结婚你都要吓我！"

紫薇柔情万缕地喊道：

"尔康！是我，我是你的新娘了！"

"是！你终于成了我的新娘！好不容易，左盼右盼，左等右等，左挨右挨，总算挨到了大喜的日子，还让我吓得一身冷汗，紫薇，要娶到你，我真是不容易！但是，你永远是我的了！"

紫薇紧紧地依偎在他怀中，幸福地微笑着。是啊！真不容易！尔康托起了紫薇的下巴，缠缠绵绵地吻住了她。

紫薇终于嫁给尔康了！后来她才知道，婚姻并不是一个故事的结束，而是另一个故事的开始！婚姻生活里的岁月，就是他们另一段人生了。他俩的洞房，结束在一片缠绵里。至于小燕子，就是另一番景象了。

永琪和小燕子喝完交杯酒，喜娘也根据习俗，把小燕子的衣服下摆，和永琪的衣服下摆绑在一起，说着祝贺的话：

"祝新郎新娘'永结同心'！'早生贵子'！"

两人并坐在床沿上，喜娘纷纷退出。终于终于终于，房里只剩下永琪和小燕子了。小燕子就抬起头来，睁大眼睛，骨碌碌四望。

永琪凝视着她，透出一口长气来：

"老天，揭了两次喜帕，才娶到我的新娘！真是'惊心动魄'，'曲折离奇'，'匪夷所思'！"

小燕子再也忍不住了，问：

"我可以说话了吗？"

"你可以说话了！"永琪深情地说。

小燕子神色一松，嚷着：

"折腾了我一整天，居然把我送到尔康那里去，吓得尔康脸都绿了……"

"你没看到我的脸，也绿了!"永琪说，就盯着小燕子看，看着她那对水灵灵的大眼睛，那张娇艳欲滴的脸庞，真是爱进心坎里，喊着说，"天啊! 你好美! 别动，我要做一件事!"

永琪就托起她的下巴，满腹柔情地俯头去吻住她。

窗外，柳青、柳红、金琐、箫剑和其他宾客都在偷窥，大家挤来挤去。

有人发出笑声，有人碰到窗子，窗子喀啦一响。

小燕子一惊，用力推开永琪，大叫："有贼!"就对着窗子喊："小贼! 你往哪里跑……"

小燕子一面喊，一面飞身而起。可是，她忘了她的衣服下摆，和永琪的衣服下摆还打着"如意结"。她这样一飞身，永琪被她一带，两人全部飞跌出去。同时发出惊愕的大叫：

"哇……"

窗外的众人，也同时惊叫：

"哇……"

闹到这个时候，天也亮了。

永琪和小燕子的新婚之夜，就结束在这一片惊呼声里。

全书完

一九九九年二月九日初稿写于台北可园
一九九九年三月三日修正于台北可园

后记

终于，我写完了《还珠格格第二部》。

自从一九九七年年初，我开始写《还珠格格第一部》以来，将近两年的时间，我几乎都和《还珠格格》一起度过。眼睛睁开是《还珠格格》，到睡觉还是《还珠格格》，连夜里做梦，都是《还珠格格》。当初，我创作《还珠格格》这个故事里的人物时，实在没有想到，我会和他们"缠缠绵绵"这么久。

会继续写第二部，有两个原因：第一个原因是，根据第一部拍摄的电视连续剧大受欢迎，观众和读者的信件像雪片般飞来，要求知道故事的后续情节。二来，是因为第一部的故事，只发展到乾隆认紫薇，就戛然而止了。我自己也觉得意犹未尽。仔细思量，仍然有许多值得发展的地方。于是，我先开始写剧本，写完剧本又写小说，让自己忙得天翻地覆，日夜不分。我没料到，这部书居然写了一百万字，如果加上

第一部的五十万字，竟然有一百五十万字之多，是我最长的一部长篇小说，简直工程浩大。因为写得非常辛苦，在写作的过程里，曾经情绪低落过，曾经失去信心过，曾经怀疑，这种"电视小说"到底有没有存在的意义？几次三番，我都想要放弃了。当这部书终于写到"全书完"三个字的时候，我已经筋疲力尽。好像，我的一生，还不曾这么累过。

关于这部小说，我想特别提出来谈一谈的，是有关"香妃"的部分。

香妃，正史上说这个女子不存在。又说，香妃就是容妃。

传说中，香妃是回部首领霍占集的妃子，生来有异香。乾隆知道了，嘱咐兆惠将军访查。兆惠平定新疆，掳获香妃回宫。乾隆惊为天人，宠爱异常。可是，香妃抵死不从，身上暗藏匕首，保护自己的清白。有次，竟然刺伤了乾隆。太后知道后，趁乾隆不在宫中，把香妃赐死了。在承德的避暑山庄里，有一批文物，其中的《香妃戎装图》，一九一四年曾经在北平故宫展出，佐证着这个说法。但是，一九七九年容妃墓出土，史学家根据种种资料，推翻了各种香妃的传说，认为香妃就是容妃。这位容妃是跟着叔父来北京，乾隆二十五年进宫，非但没有被赐死，而且深得太后宠爱，活到五十八岁，老死在紫禁城。

我深深不解的是，容妃进宫时已经二十七岁。清朝那个时代，流行早婚，一般人都在十五六岁时就结婚了。这位颇有姿色，身带异香的奇女子，何以二十七岁还没婚嫁？二十七岁以前的容妃，到底是怎样的女子？为什么远离新疆？怎样的因缘，会进宫成为容妃？其中的谜，大概已经无解了。

更让我感兴趣的，是北京陶然亭旁边的"香冢"。传说，这是香妃墓。墓碑上，有四十五字的碑文，年代作者都不可考。那四十五个字是：

浩浩愁，茫茫劫。短歌终，明月缺。郁郁佳城，中有碧血。碧亦有时尽，血亦有时灭，一缕烟痕无断绝。是耶非耶，化为蝴蝶。

我是一个很会幻想的人。香冢、容妃、香妃……各种传说，加上历史学家的说法，使我迷惑在"香妃之谜"里。于是，我"大胆"地"假设"了另一个香妃的故事。我融合了香妃和容妃的情节，变成了本书所写的香妃。我既然用了"假设"两个字，就说明这一段全是我虚构的，和正史没有关系。至于"是耶非耶，化为蝴蝶"八个字，我更延伸了一段情节。希望大家享受看"故事"的乐趣，不要被我的"创造"误导了。并且，原谅我天马行空的"模拟"！本来，《还珠格格》的人物情节，都是"无中生有"，就让我发挥想象力，再"无中生有"一次吧！

这部书里的其他人物，像是小燕子、紫薇、永琪、尔康、乾隆等人，都延续着第一部的发展，有更多经历和故事。至于萧剑认妹妹那一段，我保留了一些想象空间给读者。乾隆错认了"还珠格格"，萧剑会不会错认了妹妹？至于晴格格和萧剑，有没有可能发展一段感情？让萧剑那不共戴天的仇恨，更深一层地化解在某种缘分里？至于太后，既然答应了晴儿，给她"选择婚姻"的权利，如果有一天，晴儿竟喜欢了一个身世成谜的江湖男子，她还能守诺言吗？小燕子虽然嫁了永琪，成为王子妃，她的迷迷糊糊、咋咋呼呼，真能胜任这个婚姻吗？紫薇呢？婚姻是另一个故事的开始，她和尔康，还会遭遇一些什么事情呢？那个很有"女人缘"的尔康，逃过了塞娅，逃过了晴儿，逃过了金琐，生命里还有没有其他的女人会蹿出来呢？永琪，在正史上只活到二十五岁，在我们的故事里，我对这位王子的"英年早逝"，轻描淡写地带了一笔。凡此种种，我都铺陈了一些蛛丝马迹，留给大家更多的想象空间。当然，在你们想象的时候，千万不要被正史限制住了。那么，你们就会发现，读完书之后，还是会有一些乐趣的。

我从来没有活在乾隆那个年代，实在不知道那个年代的人如何说话，如何动作，如何思考，如何恋爱。我想，所有的现代作者写古代小说，都逃不掉自己的思想和语言。我写这部小说，也是这样。换言之，对白和思想，都是"琼瑶化"的。有的地方很现代，有的地方很理想化，有的地方，是明知故犯的"不写实"。例如，我没有让本书的男女主角，都只有十五六岁。又例如，我也没有让本书中的信件，都用文言文。至于"你是我的唯一"这种思想，在那个"妻妾成群"的时代，简直是"匪夷所思"的！我很怕一些读者，用"考据"和"正史"的眼光来看这部书。那么，这部书就根本不能成立了。其实，就算是历史学家写历史，也是根据资料来写，那些资料，是不是百分之百可靠，都有问题。何况，我们一直会有很多新的考古发现，来推翻以前的历史。说不定哪一天，突然发现一个真正的"香妃墓"，又证实香妃确实存在，也是可能的。总之，写这种小说，是不可能做到"写实"的。

所以，亲爱的读者们，请抱着轻松的态度，接受这个有些荒唐、有些离奇、有些浪漫、有些游戏……的故事。要知道，虽然故事无迹可寻，我却写得心力交瘁。虽然故事中的人物都是杜撰，那份感情，我却感同身受。

书，或许写得不好，但是，我已经尽力了。我好想好想，带给读者一些快乐和享受，如果我没有做到，抱歉！如果我做到了，请告诉我，让我知道。我一直是个很虚荣的作者，好希望得到读者的共鸣。我会为了你们的喜爱，一次又一次，让自己陷在写作的"水深火热"里！

琼瑶

一九九九年三月八日写于台北可园

（京权）图字：01-2025-0195

图书在版编目（CIP）数据

还珠格格．第二部．5，红尘作伴/琼瑶著．--北京：作家出版社，2025.1．--（琼瑶作品大全集）．-- ISBN 978-7-5212-3236-3

Ⅰ. I247.5

中国国家版本馆 CIP 数据核字第 2025CH9473 号

还珠格格　第二部5　红尘作伴（琼瑶作品大全集）

作　　者：琼　瑶
责任编辑：桑　桑　晓　寒
装帧设计：棱角视觉　纸方程·于文妍
责任印制：李大庆　金志宏
出版发行：作家出版社有限公司
社　　址：北京农展馆南里 10 号　　　邮　编：100125
电话传真：86-10-65067186（发行中心）
　　　　　 86-10-65004079（总编室）
E-mail: zuojia@zuojia.net.cn
http://www.zuojiachubanshe.com
印　　刷：唐山玺诚印务有限公司
成品尺寸：142×210
字　　数：168 千
印　　张：8.125
版　　次：2025 年 1 月第 1 版
印　　次：2025 年 1 月第 1 次印刷
ISBN　978-7-5212-3236-3
定　　价：2754.00 元（全 71 册）

品　琼　瑶　经　典

忆　匆　匆　那　年

琼瑶作品大全集